매이데이

매이데이

박정수 지음

천년의상상

"아이를 무시하지 마라.
아이는 우리가 어른이 되면서 잃어버린 수많은 능력들의 보물창고다.
내가 낳은 아이를 돌보며 한동안 멈춘 '인격의 성장' 이 다시 시작되었다.
아빠가 된다는 건 그런 것이다."

차례

아빠가 된다는 것은

정신분석적 관점으로 쓰는 육아일기의 취지를 살려 '어느 정신분석학자의 육아일기'라고 했지만, 나 자신을 '정신분석학자'로 칭하는 건 역시 어색하고 불편하다. 임상분석가나 정신분석학회 회원이라는 오해를 살까 두렵기도 하지만 그보다 현재는 스스로 정신분석학자라고 부를 만큼 이 학문에 대한 애정이 크지 않은 까닭이다. 여러 관심 분야 중 하나로 정신분석학을 공부했고, 어쩌다 보니 번역도 하고 책도 썼다. 예전에는 꽤 몰두했는데 최근에는 그 언어가 지나치게 폐쇄적이고 전문가적 허세가 느껴져 멀리하게 된다. 이별 선물이랄까, 그동안 공부한 정신분석학의 개념으로 나 자신의 육아 경험을 분석해보기로 했다.

정신분석학자라는 명칭뿐만 아니라 '인문학자'나 '철학자'라는 호칭도 어색하긴 마찬가지다. 밥벌이 수단인 '시간강사'라고 소개하기엔 할애하는 시간이 너무 적고, 수유너머 '연구원'이라고 하면 추가로 설명할 말들이 많아진다. 마흔이 넘도록 나 자신이나 남들 모두가 납득할 만한 '호칭'(정체성)을 가져본 적이 없다. 예전엔 그게 조금 불안했는데 지금은 이러고도 잘 살아온 데 안도하는 쪽이다. 그런데, '매이 아빠'라는 호칭은 자타가 공인할 수 있는 정체성 이름이다. 그냥 '나' 혹은 누군가의 '아들'이나 '남편'으로서는 느끼지 못했던 사회적 자아를 '아빠'로서 실감한다. 우리 사회 수많은 '아빠' 중 일원이라는 소속감을 가지고 그에 따른 사회적 책임을 느낀다.

매이는 가끔 뜬금없이 "아빠는 어떻게 아빠가 됐어?"라고 묻는다. "매이를 낳았으니까 아빠가 됐지"라고 가볍게 대답했지만, 왠지 부족한 느낌이 있다. 정말이지 내가 아빠가 되리라고는 생각하지 못했다. 타자의 존재로 인해 '아빠'라는 내 정체성이 형성되는 게 매우 신비롭다. 매이의 잉태 과정도, 임신 과정도, 출산 과정도 내 뜻과는 무관했지만 그 과정을 통해 나는 아빠가 되었다. 내 의지와 무관하게 되는 것이 아빠지만, 동시에 아빠가 되기 위해서는 나 자신의 노력과 고심과 시간이 필요하다. 아내의 임신 노동에 동참해 가사와 간호, 감정 노동을 해야 했고, 출산 후에는 기저귀 가는 법, 재우는 법, 이유식 만드는 법, 놀아주는 법 등 각종 육아 노동에 애를 써야 했다.

연구실의 한 선배는 한창 공부하고 책 쓸 때인데 육아에 너무 많은 시간을 뺏긴다며 베이비시터를 고용하라고 충고했지만 나는 '학자'가

되는 것보다 '아빠'가 되는 게 더 보람 있다고 여겼다. 내가 쓸 책이 얼마나 똘똘한 사상을 낳을지는 자신할 수 없지만, 내가 들이는 노력과 시간만큼 매이의 몸과 맘은 토실토실 건강해질 거라 생각했기 때문이다. 또 그 선배는 공부는 다 때가 있다고 했지만 육아야말로 놓치고 나면 두고두고 후회할 만큼 때가 있다. 육아를 통한 앎과 기쁨을 이렇게 책으로 엮게 됐으니 내 생각이 옳았다. 그때 베이비시터를 고용했다면, 그랬더라도, 이보다 더 좋은 책을 쓰지는 못했을 것이다.

책보다 큰 교훈을 육아 경험에서 얻었다. 정신분석학의 교훈 중 특히 새겨들을 말은 '아이를 무시하지 말라'는 것이다. 어른이 되면서 잃어버린 수많은 능력들의 보고寶庫이자, 어른이 되면서 억압한 욕망들의 산 주체로서, 또한 어른들의 세계를 돌아가게 하는 욕망의 대상으로서 아이에게 배워야 할 게 참 많다. 육아 경험과 좋은 아빠가 되려는 노력을 통해, 한동안 멈춘 '인격의 성장'이 다시 시작되었다. 정신분석학은 어른들의 무의식 속에 감춰진 아이가 어른들의 세계를 지배한다고 가르친다. 내가 낳은 아이를 돌보며 내 안의 무의식적 아이를 보살피고 그것이 만든 사회까지 반추하게 된다. 아빠가 된다는 건 그런 것이다.

b

어느 정신분석학자의 육아일기: 매이데이

"

나는 매이가 살균 처리된 청정구역이 아니라
이질적인 존재들의 공동체 속에 있을 때 스스로
안전하다고 느끼는 사람이 되기를 바란다.

"

1

아빠는 어떻게 아빠가 됐어?

메이? 매희? 매일 매每에 기뻐할 이怡, 매이다. 나날이 달라지라고 '每異'라고 하려다 너무 '차이'의 철학을 강요하는 것 같고, 남들과 '다르다'고 매일 왕따 당할까 봐 '每怡'로 했다. 이름 지을 때 몇 가지 원칙을 정했다. 국제적일 것, 부르기 쉬울 것, 참신할 것. 좀처럼 마음에 드는 이름이 떠오르지 않았다. 이럴 때는 개념을 생각하지 말고 사건의 시공간을 떠올리는 게 좋다. 라캉의 말마따나 '기의 없는 기표'로서의 고유명은 개념이 아니라 잠재된 사건을 내포하기 때문이다. 모유 수유와 아무 상관없이 수유리에서 시작됐다고 지어진 '수유 연구실'처럼. 5월 첫째 주에 태어나니까 오월이? 영어 '메이'로 하면 어떨까? 그럼 너무 속 보이니까 '매이'로 하자. 의미는 나중에 채우고 '매이'라 부르기로 했다. 그러고 보니 썩 국제적이고 부르기 쉽고, 확실히 특이하다.

제왕절개를 해야 해서 출산 날짜를 미리 정할 수 있었다. 수정일로부터 정확히 266일 되는 날이 5월 5일인데 휴일이라 5월 1일로 하려다 또 너무 의미를 부여하는 것 같아 5월 3일로 결정했다. 제왕절개를 해야 했던 이유는 초산의 산모가 서른아홉의 나이였고, 고통에 대한 공포계수가 남들보다 세 배는 컸기 때문이기도 하지만 결정적으로 전치태반이었기 때문이다. 태반이 자궁 입구에 바짝 붙어 있어서 자연분만이 불가능했다. 수정란이 자궁벽 안쪽에 착상하지 못하고 줄줄 미끄러지다 아슬아슬하게 자궁 입구에서 턱걸이를 한 셈이다. 하마터면 기적처럼 찾아온 임신 기회마저 사라질 뻔했다.

정신분석학은 인간에 대한 여러 가지 비밀을 다루지만 가장 근원적인 비밀은 탄생의 비밀이다. 인간은 어떻게 태어나는가? 생물학적으로나 의학적으로가 아니라 욕망의 차원에서 인간을 태어나게 하는 욕망은 무엇인가? 그 얽히고설킨 욕망이 태어날 아이의 삶에 어떤 영향을 미치는가? 등등. 사실 나는 꼭 자식을 가져야겠다는 생각이 없었다. 대를 이어야 한다는 혈통 관념이 없기도 했지만 생명을 낳고 기른다는 일이 어떤 것인지 잘 모르고, 잘 모르기 때문에 두렵기도 했다. 아내 역시 비슷했지만, 마흔을 코앞에 두니 어쩌면 인생에 주어진 기회를 한 번도 못 써보고 영영 잃어버릴지 모른다는 막연한 불안감에 시달린 듯했다. "어떻게 할 거냐?" "잘 모르겠다." "남자가 왜 그러냐?" "남자가 뭐?" "이제 기회가 없다." "그렇다고 억지로 되냐?" 뾰족한 결론도 없는 말다툼이 반복되고 그마저도 흐지부지될 때였다.

터키로 패키지 여행을 떠나기 전날, 여덟 달 만에 성관계가 있었다. 여행의 설렘 때문이 아니었다. 아내가 오래간만에 대학 동기를 만났는데 그 친구가 레즈비언이었다. 그녀와 레즈비언 클럽에 다녀온 탓이다. '그녀들'의 감도 높은 연애 욕망이 전이된 듯, 혹은 자신의 젊은 시절 레즈비언적 욕망이 떠오른 듯 아내의 성욕 게이지가 상승했던 것이다. 그렇게 해서 결혼 후 부부 관계 중 드물게 행복한 성관계가 뜻하지 않게 이뤄졌고 매이가 잉태되었다. 정확히 그날은 아니었을 것이다. 가임 기간이 아니었기 때문이다. 아내의 몸에서 난자가 생성되기까지는 이틀 정도를 더 기다려야 했다. 아직 존재하지 않던 '매이'의 존재 욕망은 그 기다림의 공허와 비행의 압력을 견뎌낼 정도로 강했다.

임신 사실을 안 것은 두 달 후였다. 미혼 커플은 더하겠지만, 자식을 기다리지 않던 남자가 임신 사실을 통보받을 때는 당혹스러울 수밖에 없음을 여자들은 이해해주기 바란다. 여성들은 자기 몸의 변화를 통해 예감하지만 남자들에게 파트너의 임신 사실은 외부로부터 난입하는 충격일 수 있다. 그 순간 당황하는 표정을 짓는다고 둘 간의 관계 자체를 의심하는 것은 과도한 해석이다. 나는 딱 10분 동안 복잡한 마음의 실마리를 찾아 헤매다 "자 이제 뭘 해야 하지?"라고 했다. 어차피 생명은 부모의 의도와 계획에 의해서가 아니라 어떤 알 수 없는 무의식적 욕망의 연쇄 속에서 태어나는 법.

비행기의 압력과 흔들림으로 하마터면 미끄러질 뻔했던 생명의 씨앗은 질긴 인연의 사슬을 붙들고 엄마의 자궁 입구에 대롱대롱 매달렸다. 임신한 줄도 모르고 복용한 감기약의 기운과 알고도 직업상 시사회를 쫓아다니며 본 영화들의 오욕칠정을 다 견디고 태어난 매이의 존재 욕망이 어떤 것일지, 그 욕망이 그보다 먼저 태어난 우리들의 욕망과 씨줄과 날줄처럼 엮여 펼쳐낼 현실이 어떤 것일지 궁금했다.

태어나자마자 엄마의 젖꼭지를 향해 돌진하는 매이를 보며, 아이는 부모가 낳는 게 아니라 부모를 통해 스스로 태어나는 것임을 알았다. "매이는 어떻게 엄마 속에 들어왔어?"라는 아내의 혼잣말 같은 질문에 세 살배기 매이는 손가락을 입에 넣으며 "입으로 쑤욱 들어갔지"라고 답한다. 가임연령 턱걸이 엄마의 척박한 자궁에서 미끄러지지 않고 잘 매달려 있어줘서 고마워 매이야. 다른 건 몰라도 매이는 턱걸이는 잘할 것 같다.

더도 말고 덜도 말고
몽이만 같기를

예전에 아내가 어떤 강의를 듣고 와서 강연자의 우스갯소리에는 뿌리 깊은 남근중심주의가 있다며 불쾌해한 적이 있다. 자본주의에서는 상품가치가 노동 시간으로 계산된다면서, 그런 식이라면 아이의 가치는 5분여의 섹스 시간으로 계산되어야 한다고 비꼬았다는 것이다. 아내 생각에 그는 무의식적으로 아이가 남자의 사정射精을 위한 섹스 노동에 의해 생산된다고 생각한 것이다.

음담패설을 해서(아내는 음담패설을 좋아한다) 혹은 인간의 가치를 상품가치와 비교해서(그도 인간의 가치가 상품가치로 환산되는 자본주의를 비판했다)가 아니라, 아이를 '생산'하는 '노동'이 섹스뿐이라는 남근중심적인(혹은 수정란, 정자, 기원중심적인) 사고 때문에 불쾌했다는 것이다. 대리모의 현실이 증명하듯, 아이를 생산하는 노동은 섹스를 하는 남성이 아니라 열 달 동안 배 속에서 태아를 기르고 죽음의 고통을 감내하며 출산하는 여성에 의해 주로 이뤄지기 때문이다.

아이가 섹스에 의해 생긴다는 말은 아이를 낳는 데 함께한 남성의 노동 역시 축소한 발언이다. 대부분의 예비 아버지가 그렇듯 매이를 잉태하고 나서 나는 아내의 '임신 노동'에 동참할 수밖에 없었다. 밥하고 청소하는 거야 전부터 해오던 일이고, 아기엄마의 기분을 맞춰주는 감정 노동이 한층 배가되었다. 더구나 출산 전 2개월 동안은 장애인 활동 보조자로서 다른 노동은 거의 할 수 없었다. 8개월에 접어들면서 재난 수준의 질환이 아내를 덮쳤다. 각막에 스크래치가 생겨두 눈을 붕대로 감아야 했고, 설상가상 계단을 내려오다 고관절 근육이 수축되면서 두 다리를 움직일 수 없게 됐다. 시각장애에 보행장애까지 겹친 것이다. 끼니때마다 밥을 떠먹여줘야 했고 화장실이라도 갈라치면 바퀴 달린 의자에 올려주고 내려줘야 했다. 그때의 장애 경험 때문인지 아내는 장애 관련 영화에 대한 평론을 자주 쓴다.

사실 임신 중 아내를 위한 감정 노동의 일등 공신은 내가 아니라 '몽이'였다. 몽이는 아내가 동네 아주머니에게 얻어온 잡종견이다. 젖비린내가 심하게 나던 그놈은 우리 집에 오자마자 먼저 있던 '하늬'(몰티즈 순종)의 밥그릇을 차지할 정도로 적응력 만빵(?)의 잡견이었다. 첫날부터 똥오줌 눌 곳을 제가 정하고, 매뉴얼을 보고 하듯 자신의 영역과 역할을 똑 부러지게 아는 성격 좋고 똑똑한 강아지였다. 그에 비해 몽이보다 세 달 전에 식구가 된 '하늬'는 선천성 고관절 탈구에(수술하느라 60만 원이 들었다) 입맛 까다롭고, 성격은 히스테리에 분리장애, 약자 특유의 공격성까지 두루 갖춘 총체적 '찌질이'였다. 잡종 만세!

아무튼 임신 후 아내의 정서적 태교를 담당한 것은 몽이였다. 두 눈을 붕대로 칭칭 감고 꼼짝도 할 수 없는, 게다가 호르몬 폭발로 극단적인 감정 기복 상태의 아내를 안정시켜준 것이 녀석이다. 소파에 누워 있는 아내의 배에 착 달라붙어 꾸벅꾸벅 졸다가도 문득 생각난 듯이 아내의 얼굴을 핥아주곤 했다. 남들은 예쁜 연예인 사진을 보며 태아의 이미지 메이킹을 한다지만 아내는 몽이를 보며 "더도 말고 덜도 말고 몽이만 같기"를 바랐다.

매이가 태어나고 나서 주위 사람들이 "개는 어떻게 할 거냐, 버려라, 남 줘라" 말들이 많았지만 우리는 전혀 그럴 생각이 없었다. 매이에게 좋은 영향을 주면 줬지 나쁠 리 없다는 확신이 있었다. 설사 좀 나쁜 영향을 끼치더라도 이미 식구가 된 이상 쓸모없어진 상품 취급할 수는 없었던 것이다. 매이가 뒤집기를 할 때쯤 몽이는 아내 품에 안긴 매이에게 애정 공세를 퍼부었다. 손을 핥기 시작하더니 급기야 얼굴, 심지어 입술까지 핥았다. 약간 멈칫했는데 웬걸, 매이는 기다렸다는 듯이 혀를 내밀며 몽이의 '프렌치키스'에 화답했다. 몽이와 매이의 낯 뜨거운 애정 행각을 지켜보며 아내는 첫 키스의 추억이 너무 날카로워서 나중에 애인이랑 키스할 때 실망할까 봐 걱정했다.

병균에 감염되면 어쩌느냐고들 하지만 직관적으로 몽이와의 키스가 해로울 것 같지는 않았다. 아내 친구 중에 소아과 의사가 있는데, 강아지와 함께 자란 아이가 그렇지 않은 아이들보다 아토피에 적게 걸린다는 논문도 있다고 한다. 그래선지 매이의 초기 아토피성 피부 질환도 점차 없어졌다. 개털은 또 어쩌느냐고들 하지만(아내나 나나 청소를 매우 귀찮아해 개털이 정말 많다) 기관지염을 일으키는 것은 눈에 보이는 개털이 아니라 눈에 보이지 않는 미세먼지라고 받아쳤다.

감염을 막기보다 면역력을 기르는 게 낫다는 지론이 청소를 게을리 하는 핑계로만 쓰인 건 아니다. 생후 10개월부터 집 앞에 새로 생긴 어린이집에 매이를 보냈다. 덕분에 감기는 자주 걸릴지 모르지만 사회성은 엄청 빨리 키웠다. 자고 있는 애를 둘러업고 맡겼다가 가장 늦게 데려오고 토요일 한나절도 꼬박꼬박 맡긴다. 엄마랑 붙어 있는 것보다 어린이집에서 제대로 된 밥 챙겨 먹고 노는 것이 엄마나 매이 모두에게 좋다고 생각해서다. 신종플루가 유행할 때는 신종플루 같지는 않지만 그래도 열이 있으니 타미플루 처방을 받자는 의사의 말을 무시하고 그냥 감기약만 챙겨 어린이집에 보내는 만행(?)까지 저질렀다. 다행히 신종플루는 아니었다.

죽자 살자 어린이집에 매이를 보내는 이유는 어린이집이 우리보다 더 잘 먹여주고 놀게 해서이기도 하지만, 무엇보다 아내와 나의 자유 시간을 확보하기 위해서다. 이기적이지 않느냐 하겠지만 나나 아내는 좀 그런 부모가 되려 한다. 우리가 행복해야 매이도 행복할 수 있을 것이다. 행복은 더불어 생기는 법, 매이의 행복을 위해 나의 불행을 감내하지는 않을 작정이다. 매이나 이상한 부모나 힘들겠지만, 서로 적응하고 또 서로 변해가며 최적의 행복함수를 찾아낼 것이다.

3

에일리언과 함께 살기

　"엄마가 좋아, 아빠가 좋아?" 누대로 이어진 이 상투적인 질문 따위는 하지 않을 작정이었다. 그런데, 하고 말았다. 아무리 지적인 사람도 연애를 하면 상투적이 된다. 아기 목소리를 흉내 내고, 온갖 유치한 감정놀이와 판타지에 몰입한다. 자식과의 초기 관계는 확실히 연애 관계이다. 판타지가 필요 없을 정도로 강렬한.

　어느 날 어린이집에서 매이를 데려오는데, 매이를 무척이나 귀여워하는 선생님이 신발을 신기면서 "선생님이 좋아, 아빠가 좋아?"라고 물어보았다. '감히 내 앞에서. 자신 있다 이거지?' 매이는 0.5초 망설이더니 "엉새미(선생님)"라고 말했다. 매이를 안고 어린이집 밖을 나서면서 다시 물었다. "선생님이 좋아, 아빠가 좋아?" 0.1초 망설이더니 "아빠"라고 답했다. 어느새 매이는 처세술을 터득했다.

그날 저녁 잠자리 가족쇼(침대에서 매이가 노래하고, 엄마와 아빠를 일으켜 세워 노래시키기) 와중에 "매이는 엄마가 좋아, 아빠가 좋아?"라고 물었다. 약간 수줍은 표정을 짓던 매이는 엄마를 선택했다. 소변 누이러 화장실에 데려다주면서 또 물었다. 역시, 엄마란다. 처세술이 필요 없었던 탓이다. 꽤 잘해준다고 했는데, 확실히 엄마와 자식 사이에는 아빠와의 관계에서 충족될 수 없는 뭔가가 있다.

'아버지 날 낳으시고, 어머니 날 기르시니'라는 옛말에는 말(이데올로기)의 힘으로 진실을 덮으려는 안쓰러움이 있다. 아이를 낳는 것은 어머니다. 어머니와 자식 사이에는 아버지로서는 도저히 경험할 수 없는 신체적 연대가 있다. '연대'라고 했지만 꼭 호혜적인 공생은 아니다. 아내는 임신 초기 배 속의 아이는 '기생충'과 다를 바 없다고 말했다. 어떻게 태아를 기생충 같다 하느냐 반문했지만, 들어보니 그렇기도 하다.

초기 입덧이 심해서 잘 못 먹을 때 나는 은근히 태아의 영양을 걱정했다. 의학을 전공한 아내는 걱정할 것 없다고 했다. 태아는 산모가 영양실조 걸리는 상황에서도 필요한 영양소는 모두 빨아먹으며, 아이의 헤모글로빈 분자구조는 산소 결합력이 훨씬 뛰어나므로 산모가 질식 상태에 있어도 호흡할 수 있다고 했다. 태아와 산모의 관계는 기생충과 숙주 같다는 것이다.

인간이 생태계를 바꾸듯이 기생충은 자신의 서식 환경인 숙주의 습속을 바꾸기도 한다. 바다달팽이의 몸속에 있는 기생충은 숙주(환경)를 바꾸기 위해 어느 순간 달팽이가 바위 위로 올라가도록 만든다. 축축한 곳에서 천적으로부터 몸을 보호해야 하는 달팽이 입장에서는 '사이코' 증상을 일으킨 것이다. 하늘을 떠돌던 갈매기가 달팽이를 먹으면 기생충은 성공적으로 서식 환경을 바꾸게 되는 것이다. 임신 4개월부터 약 석 달간 아내의 습속이 완전히 변했다. 원래 아내는 완벽한 육식동물인데 놀랍게도 초식동물로 바뀐 것이다. 된장찌개나

시래깃국 같은 전통 음식을 찾아다니며 먹었다. 태이가 그런 것이 필요했나 보다.

태아는 기생충이라기보다 '에일리언'이다. 외계에서 사람 몸속으로 침투해 들어와 인체를 숙주 삼아 변형시키다가 피부를 찢고 튀어나오는 〈에일리언〉의 공포는 실은 모든 여성의 현실적 공포이자 모든 남성의 여성-되기에 대한 상상적 공포다. 태아는 산모의 체내 환경만 바꾸는 것이 아니라 사회적 환경까지 바꾼다. 자기 신체의 급격한 변화 속에서 아내는 사춘기 때와 같은 정체성 혼란과 감정 기복에 시달렸다. 음식점에서 식사를 하고 일어서다 불룩한 배로 옆 테이블을 건드려 물이 엎질러진 날 아내는 몹시 우울해했다. "내 몸이 이상해, 이건 내 몸이 아니야." 사춘기의 혼란을 성인 사회에서 겪을 때는 또 다른 곤란함이 생긴다. 입던 옷을 하나도 못 입고, 이미 형성된 자신의 신체 이미지가 깨져버리고, 사회생활도 못하고, 집안에 고립되다 보면 사회적 자아가 상실된 듯한 공포에 사로잡힌다.

에일리언이 인간 사회를 위협한다는 것은 이런 의미일 것이다. 우리야 운이 좋아 큰 탈 없었지만, 임신과 함께 직장을 잃고 생계까지 어려워지는 여성 노동자들, 게다가 '수컷'도 없이 혼자 가난과 모멸 속에서 '새끼'를 키워야 할 비혼의 '암컷'들이 겪는 어려움은 상상을 초월한다. 그런 끔찍한 에일리언을 애초부터 만들지 말자는 뜻이 아니다. 에일리언의 공포는 에일리언의 것이 아니라 인간 사회의 것이다. 지금 이대로의 사회가 좋다고 생각하는 인간들의 마음에 찾아드는 공포이다. 에일리언과의 공생을 통해 우리 사회의 문제점을 들춰내고 바꿔나가고자 하는 사람들에게 그 공포는 변화의 출발점이 된다. '매이'라는 에일리언이 순화된 인간이 아니라 에일리언으로 남길, 이 문제투성이 사회에 이질적인 공포의 대상이 되길, 그래서 그 공포를 제거하는 싸움에 어떤 방식으로든 함께하길 조심스럽게 바라본다.

4

우리 동네

"그런데, 아이 키우기에는 위험하지 않을까?" 매이 낳고 얼마 안 돼 아내의 친구가 집에 놀러와 이야기를 나누던 중이었다. 아내가 동네 자랑을 한참 늘어놓자 그 친구가 대뜸 저렇게 대꾸했다. 나는 "글쎄요" 하고 얼버무렸지만, 똑 부러지게 반박해줄 걸 그랬다.

용산구 후암동 종점 옆의 지금 집으로 이사 온 때는 임신 7개월 무렵이었다. 분만예정일이 다가오면서 아내 옆에 있어야 할 일이 많을 것 같고, 출산 후에도 아내와 함께 육아를 하려면 연구실 옆으로 이사 오는 편이 좋을 성싶었다. 그런데 막상 살아보니 '기동성'은 물론, '서식지'로도 더할 나위 없이 좋은 생태계를 이룬 곳이다.

강남으로 치자면 '골목'에 해당할 자그마한 삼거리에는 은행, 약국이 세 곳, 가정의학과의원, 치과의원, 문방구 세 곳, 보습학원 세 곳, 어린이집, 철물점, 전파사, 핸드폰 대리점, 사진관, 상당히 큰 규모의 마트 세 곳, 싸고 맛있는 횟집, 기막히게 맛있는 떡볶이와 튀김을 파는 분식집, 김밥천국, 가격 대비 훌륭한 동네 치킨집, 숯불갈비집, 떡집, 정육점, 1980년대 양품점을 떠올리게 하는 작은 옷 가게, 화장품 가게, 몇 개인지 알 수 없는 미용실 등등 없는 게 없다. 과연 저런 가게들이 모두 장사가 될까 싶은데도, 해방 후 자리 잡은 토박이들과 미군부대 관련 외국인들과 군무원, 거기에 우리처럼 도심에서 가까운 적당한 가격의 빌라를 찾아든 이주민들이 꽤 탄탄한 내수 시장을 형성하고 있다. 무엇보다 거미줄처럼 형성된 좁디좁은 골목에 사는 사람들 중에는 차가 없는 집이 많아 웬만한 것은 다 동네에서 해결하기 때문일 것이다. 최근에도 이 골목은 끊임없이 진화하며, 솜씨 좋은 맛집과 작고 예쁜 원두커피집 등이 새로 생겼다. 거기에 서울에서 가장 경치 좋은 도서관인 남산도서관과 시설 좋은 어린이실을 갖춘 용산도서관이 걸어서 10분 거리이니, 강남 도곡동인들 이보다 더 좋을쏘냐.

아내 친구의 말은 버스 종점인 데다 소월길로 이어진 후암동길을 이용하는 택시와 승용차가 많고 신호등도 없어 아이에게 위험할 것 같다는 얘기였는데, 내 생각엔 길이 좁고 신호등도 없고 인도와 차도가 구분되어 있지 않은 것이 오히려 자동차 속도를 줄이고 인명 사고도 줄이는 효과를 내는 것 같다. 예전에 베트남에 여행간 적이 있었는데, 아직 개발이 안 되어 자동차, 자전거, 시클로, 오토바이, 행인들이 뒤섞여 있는 하노이의 혼잡한 거리에는 인명 사고가 거의 없다고 했다. 하긴 자동차 속도가 시속 40킬로미터를 넘지 못하는 길에서 무리 지은 행인들이 차에 치이기는 쉽지 않을 것이다. 반면에 서울 도심처럼 도로가 정비된 호찌민시의 거리는 자전거도 없고 신호체계도 완비되었는데, 그러고 나서 인명 사고가 급증했다고 한다.

놀이터와 주차장과 도로가 금과 벽과 CCTV로 구획된 아파트 단지와, 사람들의 시선과 이질적인 유체들이 서로를 견제하며 느린 흐름을 만들어낸 우리 동네 중 어느 쪽이 안전할까? 이는 서로 다른 종들이 복잡계를 이룬 숲과 잔디뿐인 골프장 중 어떤 생태계가 더 안전할까라는 질문과 같은 맥락일 것이다.

우리 동네엔 유독 노인들이 눈에 많이 띈다. 담벼락에 작은 천막을 치고 자기네들끼리 반찬거리를 다듬어 파는 할머니들도 있고, 마트 옆에 상주하며 박스를 모으는 할아버지도 있다. 이 동네에서 노인들은 비가시적으로 추방된 존재가 아니라, 미생물처럼 마을 생태계의 일부를 이루고 있다. 삼거리에는 호떡노점 일을 돕는 다운증후군 청년도 눈에 띈다. 가끔 사람들에게 무시를 당하기도 하지만, 그래도 씩씩한 표정으로 사람들 사이에 섞여 제 할 일을 한다. 마트배달원 중에는 필리핀 여인과 결혼했는데 신부가 도망갔다며 보는 사람마다 투덜거리는 썩 명민하지 못한 아저씨도 있다. 어쩌느냐 물었지만 다 잊고 돈 벌어 또 얻으면 된다며 오늘도 오토바이를 달린다.

매이는 생후 한 달 반 지나자마자 집 밖에 나왔다. 매이를 슬링에 넣어 품에 안고 책가방은 등에 지고 연구실을 가려 백팔 계단을 올라갈라치면 어김없이 계단 중간쯤에 앉아 있던 할머니들이 "그거 뭐냐"며 "에구 강아지인 줄 알았네" "애 모가지 아프겠다" "애 엄마는 어쩌구" 하며 품속의 매이를 어르곤 했다.

그렇게 가방 메고 매이 안고 집과 연구실을 왔다 갔다 하다 보니 마을 사람들에게는 캥거루아빠로 알려졌다. 혼자 걸어가면 꼭 "애는?" 하고 물어보고, 지금도 매이 손을 잡고 나서면 "아이고, 그 원숭이처럼 매달려 다니던 게 이렇게 컸다"며 아는 체를 한다. 특히 박스 줍는 할아버지는 매이만 보면 "어디 가?" 하고 큰 소리로 묻는다. 좀 험하고 남루한 인상이라 처음엔 무서워하더니 이제는 "아빠랑 가게 간다~"라고 꼬박꼬박 말대답을 한다.

가끔씩 주말에는 몽이 운동도 시킬 겸 유모차에 개 끈을 묶어 끌게 하고 남산공원에 산책을 가곤 했다. 그러면 어떤 사람은 "개가 밥값한다" 하고 어떤 사람은 "개 학대한다"라며 개마차(?)에 대해 한마디씩 거들며 신기해했다. 연구실에서는 범보 의자라고 바퀴 달린 유아용 의자에 매이를 앉히고 끈을 묶어 직접 끌고 다녔다. 사람들은 꼭 개 끌고 다니는 것 같다며 놀렸지만 매이는 그 스피드를 꽤나 즐겼다. 공부방이며 카페며 복도를 이리저리 끌고 다니다 책상 위에 올려놓고 책을 읽노라면, 매이는 허깨비처럼 어깨를 들썩이고 손을 휘저으며 오가는 사람들의 시선을 사로잡느라 분주했다.

나는 매이가 살균 처리된 청정구역이 아니라 이질적인 존재들의 공동체 속에 있을 때 스스로 안전하다고 느끼는 사람이 되기를 바란다. 어제는 '빈집'에 사는 인도인 아빠와 한국인 엄마 사이에 태어난 뚜리랑 놀다 왔다. 집에 와서는 연신 "뚜리는 눈이 똥그래" 한다. 3년제인 지금의 어린이집을 수료하는 내년에는 중증장애아시설과 고아원과 한 울타리에 있는 어린이집(현재 '고추장'의 딸 유나가 다닌다)에 보낼 생각이다.

5

내 사랑, 젖꼭지

"매이 거야." "아냐, 엄마 거야." "아냐, 젖꼭지 매이 거야." "이게 어째서 매이 거야?" 오늘도 목욕 중인 매이와 아내 사이에 젖꼭지 분쟁이 벌어졌다. 처음에는 음심 가득한 눈으로 엄마의 젖가슴을 찝쩍거리면서 시작됐다. 아내가 무시하자 콧소리를 섞어서 "엄마 한 번만" 한다. 아내가 피곤한가 보다. "안 돼! 아까도 많이 먹었잖아" 호락호락 젖을 내주지 않자 매이의 표정이 어두워진다. 이내 눈을 흘기며 식식거린다.

아내도 좀처럼 굽히지 않을 태세다. "하루 종일 젖 먹는 게 어디 있어?" 그러자 매이가 화를 내며 아내 얼굴을 때린다. "아야!" 아내가 비명을 지르며 매이의 손을 제지하자 더 분기냉천한 매이는 아내의 젖가슴을 할퀴며 파고든다. 아내가 그러지 말라며 소리를 지르자 매이는 "엄마 매이 좋아했잖아. 엄마 매이 좋아했잖아요" 하며 서러운 울음을 터뜨린다.

안쓰러워진 아내가 "매이, 엄마 젖이 그렇게 먹고 싶어?" 하자 "응" 하고 대답한다. 둘 다 한풀 꺾인 목소리다. "그래도 젖꼭지는 엄마 거야. 그렇게 할퀴면 안 돼요" 하자, 매이는 눈물을 글썽이며 "엄마 미안해요. 엄마 미안해요" 흐느낀다. 극적인 화해가 이뤄지고, 매이는 아직 눈물이 마르지 않은 눈으로 엄마의 얼굴을 올려다보며 흡족히 젖을 빤다.

한 편의 드라마를 보는 것 같다. 요즘 매이는 젖꼭지와의 이별 예감 때문인지 한층 더 젖가슴에 집착한다. 하긴 만 3년 가까이 이어져온 젖가슴의 쾌락을 갑자기 포기해야 한다는 사실을 선선히 받아들이긴 힘들 것이다. 뜨겁게 사랑하던 애인이 더 이상 섹스는 없다고, 이제부터는 쿨하게 지내자고 하는 것과 같다. 도대체 왜? 왜 안 된다는 거지? '고추장'의 딸 유나는 세 번째 생일날, "이제 유나는 세 살이니까 엄마 젖은 그만 먹자"라는 제안을 선선히 받아들이더구먼.

하긴 그러고도 유나는 오랫동안 젖가슴에 대한 미련을 떨칠 수 없어 연구실 처자들의 애꿎은 젖가슴을 희롱했다. 연구실 카페에서 엄마 젖을 빠는 매이를 물끄러미 바라보다 침을 꿀꺽 삼키며 "나도 엄마 젖 먹었는데"라고 안타깝게 중얼거리던 모습이 떠오른다. 하지만 매이는 연령 제한의 논리를 가볍게 무시했다. 33개월의 매이는 아직 엄마 젖꼭지와 이별할 준비가 안 돼 있다.

　엄마 젖을 빠는 매이에게 다가가 "젖 나와?" 하고 물어봤다. 그러자 물고 있던 젖꼭지를 쭉 잡아당기더니 "뽁" 소리를 내며 "아니" 한다. "안 나와? 그런데 엄마 젖은 왜 빨아?" 다시 젖꼭지를 물고 한 손으로는 반대편 젖꼭지를 매만지며 "조금 나와" 한다. 자기에게 불리한 진술을 했다는 것을 깨달았나 보다. 매이가 엄마 젖에서 얻는 것은 젖이 아니라 '쾌감'이었다. 성인이 여성의 젖가슴을 빨고 만지며 얻는 리비도적 쾌감 말이다. 다만, 그 성행위가 은밀하지 않으며 대중매체의 환상에 의존하지 않고, 젖가슴의 쾌감 자체로 그칠 뿐이다. 엄마의 젖을 유혹하기 위한 매이의 음탕한(?) 눈빛과 에두르는 말투와 애무하는 표정을 보면 정말 프로이트 말대로 아이에게 엄마 젖은 영양 섭취의 도구가 아니라 쾌락의 도구라는 생각을 하게 된다. 섹스에 몰입한 어른이 서로의 몸을 가지고 놀며 어린아이처럼 구는 이유를 알 듯하다.
　멜라니 클라인에 따르면, 후기 구강기의 아이는 엄마의 거절을 자기에 대한 박해로 느끼며 젖가슴을 깨물고 공격하기도 하지만, 젖가슴의 상실을 잘 애도하면서 독립된 자아를 형성해간다고 한다. 요즘 매이는 엄마에게 한없는 애정을 표현하는 한편, 불쑥불쑥 엄마를 때리고 깨물면서 애증의 롤러코스터를 타고 있다. 그리고 틈만 나면 "엄마 매이 좋아했잖아" 하면서 서럽게 울며 젖가슴과의 이별을 준비하고 있다.

앞으로 매이가 겪어야 할 수많은 좌절과 상실과 이별들을 생각하면 젖가슴과의 이별을 위한 매이의 고군분투가 안쓰럽다. 그러다가는 젖 못 뗀다는 주위 사람들의 충고에도 불구하고 아내는 매이 때문인지 자기 자신 때문인지 단호하게 젖을 못 떼고 있다. 젖을 떼고 쿨한 인격적 관계로 남아야 하는 것이 못내 아쉬운 듯하다. 다시 오지 못할 열정적인 애정 관계를 좀 더 지속하고 싶은지도 모르겠다. 딸내미이고 남편이 있는데도 이럴진대, 아들이고 남편이 없거나 없는 편이 나은 여자라면 자식에 대한 애착이 얼마나 클까. 그러고 보면 오이디푸스콤플렉스도 이해할 만하다. 어린 자식이 부모에 대해 품는 감정이기 이

전에, 자식에 대한 부모의 애착에서 비롯된 것이라면 말이다. 아직 젊은 남편이라면 아내의 젖가슴을 빠는 남자아이를 볼 때 '감히 내 자리를' 하며 떼어낼 생각을 하고, 아들은 그런 아버지를 향해 적대감을 가질 만하지 않겠는가.

"매이는 엄마를 더 좋아하지롱. 약 오르지롱" 하는 아내를 물끄러미 바라보며 속으로 '그래, 마지막 사랑을 실컷 즐겨라'고 말해준다. 프로이트에 따르면 젖 떼고 난 여자아이는 아빠를 더 좋아하게 된다는데, 글쎄 정말 그리될지, 어떻게 그리될지 두고 볼 일이다.

6

아빠, 달려! 이랴 낄낄!

"아빠, 안아 줘." "이제 그만 걸어가자. 아빠 힘들어." "아빠~ 안아 줘." 엄마에게 젖가슴이 있다면 아빠에게는 팔다리가 있다. 매이에게 나는 아직 기중기이고 바퀴이고 놀이기구다. 정신분석학이 흥미로운 것은 신체에 대한 새로운 감각을 준다는 점이다. 정신분석학은 사지와 오장육부가 기능적으로 통합된 유기체와는 전혀 다른 신체상을 제시한다. 프로이트는 입, 항문, 성기, 눈, 귀, 피부 점막 등 신체의 부분 기관들이 (성적) 감각과 (성적) 용법에 따라 타인의 신체나 사물과 결합되고 분해되는 기계적 신체 이미지를 보여준다.

그에 따르면 6개월 이전까지 유아는 자신의 신체를 통합된 유기체로 여기지 않고 분해 가능한 기관들의 느슨한 복합체로 느낀다. 타인의 신체도 자기 신체의 기관들이 관계 맺는 방식에 따라 이미지와 강도가 달라지는 기관들의 복합체로 느낀다. 초기 유아에게 '엄마'의 신체 형상은 수많은 사물과 기쁨의 액체로 가득 차 있는 젖가슴이다. 입술을 오물거리며 잠자는 매이는 꿈속에서 뭘 보고 있을까? 넘실거리는 젖의 바다, 천상에서 내려오는 커다란 반구, 보였다 안 보였다 하는 젖꼭지가 아닐까?

그 꿈속에서 아빠인 나는 어떤 기관으로 표상되고 있을까? 자기 몸을 공중에 뜨게 하고 이리저리 옮기는 기중기 같은 것이 아닐까? 거기에 자신의 몸과 맞닿은 이불과 요람의 난간, 멀리서 들려오는 몽이와 하늬의 소리, 파편화된 사물들이 마치 브리콜라주처럼 꿈의 테이블에 펼쳐졌다 흩어졌다 할 것이다. 매이 곁에서 잠꼬대까지 하며 잠자는 몽이는 또 어떤 꿈을 꿀까?

돌 지날 무렵, 아빠가 어떤 존재였는지는 매이의 말을 통해 알 수 있다. '엄마' '아빠' 비슷한 말을 하기 시작했을 때 그 말은 아내와 나를 지칭하는 명사가 아니라 자신의 신체를 어떻게 해달라는 명령어였다. "엄마마!"라고 할 때 그것은 "이리로 오라. 저 물건을 가져오라. 재워달라"는 말로 번역될 수 있는 명령어였다. 반면에 "아빠빠!"는 "저리로 가자. 이 물건을 저리로 치워라. 먹을 것을 달라" 따위로 번역될 수 있다. 상황마다 다르지만 분명 일관성이 있다. "엄마마!"라는 명령어는 다른 신체(물체)를 자기 신체와 결합시키려는 욕망과 그런 결합을 통해 신체의 활동성을 정지시키고자 하는 (수면) 욕망을 실어 나르고 "아빠빠!"는 다른 신체(물체)를 분리시키거나 그런 분리를 통해 자기 신체의 활동성(이동과 식사)을 증가시키고자 하는 욕망을 전달한다. 원초적 언어는 명사가 아니라 명령어라는 들뢰즈의 말이 맞는 듯하다.

유난히 눈이 많이 왔던 지난겨울 어느 날 매이를 안고 가다 미끄러져 제 키보다 높은 곳에서 땅바닥으로 엉덩방아를 찧은 후 매이는 내 품에 안겨 이동할 때마다 "아빠, 조심해야지. 조심조심해서 걸어" 한다. 명사도 알고 문장도 거의 완벽하게 구사하는 지금, 매이의 말 속에서 새롭게 표현된 아빠는 청소기와 요리사이다. 일주일 넘게 방치한 화장실에서 모기 유충을 발견한 아내가 비명을 지르며 울부짖자 매이가 왜 그러느냐 묻더란다. 아내가 "응, 끔찍한 게 살고 있어서"라고 답하자 매이는 "엄마, 걱정하지 마. 매이가 아빠한테 전화해서 청소하라고 할게"라며 손으로 전화 거는 시늉을 하고, "아빠, 빨리 청소해줘" 하더란다. 그저께는 주방에서 저녁 식사 준비를 하면서 맨날 뭘 해먹을까 궁리하는 것도 힘들다고 투덜댔더니, 그런 말은 어디서 배웠는지, "아빠, 아빠는 멋진 요리사잖아" 한다. 혹시 요리는 엄마가 하는 것으로 배웠는데 우리 집에서는 아빠가 요리하는 것만 봐서 혼란스러워하지 않을까 걱정했는데, 완전 '기우'였다.

7

매이의 선물, 코딱지와 똥

요즘 매이는 자기 몸의 생산물을 과시하는 데 열심이다. 콧물이 나오면 꼭 나를 불러 "콧물!" 하며 입으로 들어가기 일보 직전의 콧물을 가리킨다. 이건 약과다. 시시종종 콧구멍을 후벼 파 딱딱한 코딱지나 말랑말랑한 코 덩어리를 꺼내 들이민다. 그러면서 "엄마, 이거 봐. 엄마를 위해 준비했어" 한다. 받기만 하는 것이 아니라, 먹으란다. 얼굴을 찌푸리며 사양해도 극구 권한다. 안 먹겠다고 하면 "매이가 먹는다, 냠냠, 얼마나 맛있는데" 하고 약 올려가며 먹는다. 자기 몸이 뭔가를 생산해서 남에게 줄 수 있다는 것이 즐거운가 보다.

하긴, 코딱지를 파내 튕기거나 동글동글하게 말거나 책상 다리, 혹은 밥상 밑에 바르는 데서 묘한 쾌감을 누렸던 어린 시절을 떠올려보면 이상할 것도 없다. "나는 은빛이며 정확하다 / 나는 선입견이 없다 / 나는 보는 것은 모두 즉각 삼켜버린다 / 있는 그대로, 사랑이나 미움으로 채색됨이 없이 / 나는 잔인하지 않다 / 다만 진실할 뿐…."(〈거울〉) 이 멋진 시를 쓴 실비아 플라스라는 여성도 대학교 때까지 코 파기의 쾌락을 즐겼다고 한다.

"거기에는 무수한 감각적 변주가 있다. 세심하게 다듬어진 새끼손톱은 콧구멍 속의 코딱지와 코 덩어리를 긁어내어 손가락 사이에 넣고 으깨어 반들반들한 마룻바닥에 튕겨낼 수 있다. 혹은 좀 더 묵직하고 견고한 집게손가락으로 깊숙이 있는 부드럽고 말랑말랑한 연녹색의 자그마한 코 덩어리를 후벼내어 젤리처럼 둥글게 말아 책상이나 의자 밑에 얇게 펴 바를 수 있는데… 얼마나 많은 책상과 의자들이 그렇게 은밀히 더럽혀졌던가. 콧구멍을 너무 거칠게 긁은 나머지 손가락 끝에 마른 갈색 코딱지나 선홍색 코 덩어리가 얹혀 나오기도 했다. 맙소사! 얼마나 놀라운 성적 만족인지"라며 코 파기 감상문을 쓰기도 했다.

선입견이 없는 것, 주어진 틀을 파괴하는 것, 가능성의 한계를 넘는 것, 그것은 분명 진실로서 잔혹한 것이다. 실비아 플라스는 그 형식 파괴의 잔혹미에서 성적 만족을 향유했다. 나는 매이의 잔혹한 쾌락을 방해하기 싫어 먹는 시늉을 하며 몰래 버렸다.

신체 생산물 중 최상품은 단연 똥이다. 어른과 같은 밥을 먹기 시작하면서 매이의 똥은 어른보다 굵고 견고하고 아름다워졌다. 프로이트에 따르면 항문기의 아이는 똥을 더럽다고 생각하기는커녕 장 점막의 쾌감과 함께 배출되는 똥은 아주 소중한 것이자, 건강한 똥을 보며 환호하는 부모에게 주는 선물로 여긴다. 하지만 어른 똥과 닮을수록 갓난아기의 '응가'처럼 마냥 예쁘다고 할 수는 없다. 똥은 더러운 것으로, 변기에 누고 버려야 한다는 걸 가르쳐야 할 시기가 온 것이다.

프로이트는 배변 훈육을 너무 엄하게 할 경우 아이는 부모에게 줄

'선물'을 안 주고 몸속에 간직하는 방식으로 불만을 표출한다고 했다. 엄한 훈육에 똥 누는 게 즐겁지 않게 되면 그럴 만도 하다. 그런 일이 반복되면 변비와 함께 고집스러운 성격을 형성하게 될 수도 있다고 했다. 최초의 자가 생산물이자 사적 소유물로, 축적과 방출의 리듬 속에서 쾌감을 주는 똥에 대한 태도가 돈에 대한 태도로 이어진다는 것이다. 그래서 가혹한 배변 훈육으로 자기 몸속에 똥을 쌓아놓는 게 습관이 된 아이는 나중에 자기 수중의 돈은 절대로 안 쓰고 축적하기만 하는 냉혹한 자본가의 성격을 갖게 된다고 한다.

그래서 배변 훈육을 방기했더니, 매이는 똥 누는 법을 몽이에게서 배웠다. 원래 몽이 화장실은 베란다에 있는데, 매번 문 열어달라고 유리문을 긁기가 귀찮았는지 몽이는 서재로 쓰는 방의 책꽂이 귀퉁이에 똥을 누곤 했다. 매이가 그걸 배운 것이다. 〈방귀대장 뿡뿡이〉를 한참 보다 말고 문득 생각난 듯 서재로 달려가더니 방문으로 가리고는 서서 힘을 준다. 그러고는 우렁찬 소리로 "아빠 똥 쌌어요" 한다. 한두 번은 그러려니 했는데, 이제는 된똥이나 무른 똥이나 꼭 책꽂이 밑에다 싼다. '크레이지 하늬'가 먹을까 봐(가끔 진짜 먹는다!) 하늬 감시하랴 매이 엉덩이 씻기랴 정신이 없다. 그럴 때마다 아내는 비명을 지르며 경악하지만 나는 자꾸 프로이트의 말이 생각나 대충 타이르고 넘어간다. 매이가 냉혹한 자본가의 인성을 갖게 되지만 않는다면 집안이 매이, 몽이, 하늬의 똥 냄새로 가득 차는 것쯤은 참을 수 있다.

8

아빠는 저리 가, 엄마랑 할 거야

"호미도 날히언마라난 / 낟가티 들리도 업스니이다 / 아바님도 어이어신마라난 / 위 덩더둥셩 / 어마님가티 괴시리 업세라." 아내는 약 올리듯 사모곡을 읊으며 묻는다. "여기서 '괴실'은 혹시 피동이 아닐까? 아빠보다 엄마가 더 아이를 사랑한다기보다, 아이가 아빠보다 엄마를 더 사랑하는 것 같지 않아?" 그러고는 "자기는 어쩌다 매이한테 이등 부모가 됐어?" 하고 안됐다는 표정을 짓는다. 그렇다. 난 차별받는 '이등 부모'다. 매이의 부모 차별은 급기야 "엄마는 제일로 예뻐. 아빠는 못생겼어"라는 충격적인 외모비하로까지 이어졌다.

이건 정말… 사실관계만으로도 절대 인정할 수 없다! 그리고 대체

내가 뭘 잘못했단 말인가? 밥해 먹이고, 목말 태워주고, 심심하면 책 읽어주고, 다리 아프면 안아주고(나도 다리 아프다), 야단 한 번 안 치고 예뻐해줬건만 어찌 이리도 차별이 심하단 말인가? 엄마는 젖가슴이 있어 젖을 먹여주는 것 말고 특별히 나보다 더 잘 대해주는 것도 없는 것 같은데, 프로이트 말처럼 젖가슴으로 연결된 엄마와의 관계는 진정 다른 어떤 것으로도 대체 불가능한 리비도적 관계였던 걸까? 젖가슴이 없다는 이유만으로 어찌 나는 이렇게 원색적인 성차별, 인종차별을 겪어야 한단 말인가?

가장 두드러진 차별은 집에 돌아왔을 때의 반응이다. 일요일에는 다 같이 있고, 남은 6일 중 3일은 내가, 다른 3일은 아내가 초저녁에 매이를 보는데, 밤에 아내가 돌아올 때는 문소리와 동시에 현관으로 쪼르르 달려나가, 그동안 학대라도 받은 양 "엄마, 보고 싶었어. 왜 이제 와~잉" 하며 아내가 신발도 벗기 전에 다리 사이에 폭 안긴다. 그에 반해 내가 돌아올 때는 눈길도 돌리지 않은 채 TV만화, 이를테면 〈방귀대장 뿡뿡이〉류의 유아 프로그램을 보고 앉았다. 내가 "아빠 왔다. 매이야, 아빠 왔어" 하며 코앞까지 얼굴을 들이대도 귀찮다는 듯 옆으로 고개를 돌려 만화만 본다. 왔으면 왔지, 뭐 어쩌라는 식이다.

목욕할 때도 차별이 심하다. 예전에는 아내와 할 때와 나와 할 때가 절반씩 됐는데, 언제부터인가 주로 아내하고만 한다. 아내가 아주 늦게 들어오거나 생리 중일 때는 어쩔 수 없이 나랑 하게 되는데, "매이야, 목욕하자"라고 해도 "아니, 엄마 오면 엄마랑 할 거야" 한다. 이유를 설명하며 어렵게 설득해서 목욕할 때도 엄마랑 할 때처럼 그렇게 재미난 쇼를 보여주진 않는다. 엄마랑 목욕할 때는 한 시간 가까이 서로 장난도 치고 엉덩이춤도 추고, 손짓 발짓 해가며 우스운 이야기도 만들어내고, 예쁘게 노래도 불러주는데 나랑 할 때는 씻자마자 빨리 나가자고 한다. (나도 혼자 씻는 게 더 좋단 말이다!)

요새 매이가 가장 자주 하는 말은 "매이가, 매이가"이다. 잠옷을 입거나 밥을 먹을 때 예전처럼 내가 도와주려고 하면 막 화를 내면서 "매이가, 매이가" 한다. 자기 일만 그런 것이 아니라 내가 설거지를 할 때도 자기가 하고 싶으면 꼭 "매이가, 매이가" 하며 나선다. 어떤 일의 주체를 정하는 게 재미있나 보다. 자기가 정한 주체를 어기면 막 화를 낸다. 예를 들면 엄마에게 인형놀이를 하자고 하는데 엄마가 "엄마, 힘들어. 아빠랑 해. 아빠, 매이랑 인형놀이해주세요"라고 하면, 착한 아빠인 나는 "응, 그래 아빠랑 하자"라고 옆에서 거든다. 그러면 매이는 나를 밀쳐내며 "아니, 엄마가, 엄마가. 아빠는 저리 가" 한다. 어떨 땐 "지금 엄마한테 얘기하고 있잖아"라며 짜증을 낸다. 지금 주인마님과 이야기하고 있는데, 삼돌이 네가 뭔데 끼냐는 식이다. 그런 일이 몇 번 반복되자 서러움이 밀려왔다. 그래서 이제는 엄마에게 시킨 일은 절대로 안 나선다. (흥, 아빠, 삐쳤어.)

잠잘 때 매이와 아내는 신파드라마를 찍곤 한다. 아내가 피곤하거나 기분이 안 좋을 때 매이가 젖가슴으로 파고들면 아내는 "매이야,

엄마 힘들어, 그냥 자자"고 한다. 그럼 매이는 좀 더 지능적으로 유혹한다. "매이, 배고파. 젖 먹어야 돼." "우유 먹어"라고 거절하면 "엄마, 피곤해?"라며 눈치를 살피고는 은근슬쩍 엄마 젖가슴을 만진다. 엄마가 "제발, 그만해" 하면 매이는 "엄마, 매이 좋아했잖아" 하고, 엄마가 "좋아하는데, 이제 젖은 그만 먹자" 하면 매이는 울먹거리며 "엄마, 미안해요"라며 동정심 유발 작전을 쓴다. 그래도 엄마가 돌아누워 버리면 따라서 건너편으로 와 다른 쪽 젖가슴을 공략한다. 마침내 아내가 폭발해 "악! 제발 그만해!"라고 소리치면 매이 역시 대성통곡을 하며 침대에서 내려가 컴컴한 거실 한쪽에 쪼그리고 앉아 엉엉 운다. 그러는 동안 나는 옆에서 숨을 죽이며 이 엄청난 파토스의 소용돌이에 휩쓸리지 않으려 시트를 움켜쥐고 시체처럼 누워 있다. 몇 번 중재를 시도해봤지만 그때마다 매이는 나를 밀쳐내고 엄마 쪽을 바라보며 울 뿐이다. (삼돌이, 네가 뭔데 끼냐고?)

그저께는 약을 먹이려고 아양을 떨다 또 '개무시'를 당했다. 며칠 동안 감기약을 먹였는데 그때마다 쉽지 않았다. 그제는 거의 나아 미열만 있었는데 그래도 혹시 밤에 열이 오를까 봐 자기 전에 약을 먹이려 약 숟가락을 들고 쫓아다녔다. 매이는 홀딱 벗은 채 이리저리 피해다니다 침대로 뛰어올라 갔다. 그러더니 다리를 접고 엎드린 채 베개 밑에 얼굴을 파묻고 개구리처럼 엉덩이만 내놓았다. 그 모양이 우스워서 "매이야, 이 자세가 뭐야? 개구리야?" 그랬더니, 따라 해보란다. 그래서 흉내를 냈더니 매이는 "아니야, 그렇게 하는 게 아니야"라며 자세가 틀렸단다. 좀 더 신경 써서 "이렇게?" 했더니, 매이는 이번엔 머리를 베개 위에 올리고 양손을 쭉 뻗으며 "아냐, 이렇게"란다. 그래서 다시 그대로 했더니 또 아니라며 "그렇게 하면 어떡해?" 신경질을 낸다. 내가 거듭 자세를 바꿔가며 "이렇게? 이렇게?" 해도 번번이 아니란다. 끝내 울먹이면서 "그렇게 하면 어떡해? 아빠, 미워" 하며 거실에 있던 엄마에게 달려가 "아빠가, 매이가, 이렇게 하라고 했는데. 아빠가, 안 했어!"라며 고해바친다. 어이가 없다.

아내가 매이를 데리고 침대로 와서 자초지종을 묻는다. "응, 아빠가 매이 흉내를 잘못 냈구나. 그래서 매이가 화가 났구나" 하자, 매이가 "응" 하며 위로라도 받으려는 듯 끄떡이며 젖을 문다. 아내는 매이가 입은 내복을 만지작거리며 "와, 이 꽃무늬 참 예쁘다. 엄마도 꽃무늬 좋아하는데, 매이도 좋아해? 이것 봐 엄마 옷에도 큰 꽃이 그려져 있어" 한다. 젖을 물고 듣던 매이는 "뽁!" 하며 빼고는 엄마 잠옷의 꽃무늬를 보며 "아, 그러네. 매이도 꽃무늬 좋아하는데" 한다. 그러고는 자기 옷의 꽃무늬를 가리키며 "엄마, 이따가 이따가 또 이따가 매이가 엄마 꽃무늬 내복 사줄게"라고 약속한다. 아내는 "응 꼭꼭 약속해. 엄마 매이 옷 같은 분홍 꽃, 보라 꽃이 그려진 내복 꼭 입고 싶어. 와 정말 좋겠다" 한다.

옆에서 이 '닭살스러운' 모녀의 꽃무늬 품평회를 바라보던 나는 비로소 내가 이등 부모가 된 이유를 깨달았다. 젖가슴 때문만은 아니었다. 아내가 매이를 대하는 태도는 확실히 나와 달랐다. 먼저 매이의 감정을 읽어주고, 그래서 매이와의 정서적 연대를 이룬 뒤에 소통한다. 그리고 매이와 꼭 같은 아이가 되어 노래를 부르고, 꽃무늬를 관찰하고, 토라지고, 함께 운다. 나는 그저 좋은 아빠의 이미지를 만들려고 노력했을 뿐 매이와 같은 아이가 되지는 못했다. 그저 아이 흉내만 냈을 뿐이다. 손발이 오그라드는 '두 아이'의 수다를 들으며 나는 스르르 잠이 들었다.

a

"

매이는 이미 알고 있었을까? 사람의 성품은 도덕성이
아니라 관계의 능력에 따른다는 것을. 좀 느긋하게
기다려주는 것이 자신에게도 좋다는 사실을.

"

1

놀이본능: 좋아, 미워

매이 낳고 얼마 안 있어 아내가 해준 얘기가 있다. 지금은 대학생이 된 아내의 조카가 지금의 매이보다 조금 더 어렸을 때 일이란다. 만두를 먹다가 속이 너무 매워 뱉어버렸는데, 옆에 있던 어른들이 "다음부터 애, 앙꼬는 빼고 줘라"고 했다. 그 이후 조카는 모든 음식의 '앙꼬'는 먹지 않겠다고 했다. 호빵의 앙꼬는 물론, 김밥의 앙꼬도, 호두과자의 앙꼬도, 달걀의 앙꼬도, 참외의 앙꼬도, 심지어 국과 밥 앞에서도 "앙꾸 안무(앙꼬 안 먹어)"를 외쳤다고 한다. 모든 먹거리에는 '안'과 '밖' 혹은 '속'과 '겉'이 있어 안에 든 것은 먹을 게 못 된다는 확신을 고집했다는 것이다.

또 이런 일도 있었다고 한다. 엄마가 잘해주면 단지 "엄마 좋아"라고 말하는 데 그치지 않고, 꼭 옆에 있는 "아빠는 싫다"고 말하더라는 것이다. 어쩌다 "아빠 좋아"라고 말할 일이 있으면 옆에서 마루를 닦고 있던 애꿎은 할머니는 "함매(할머니) 미워"라는 비난을 들어야 했단다. 음식에 대한 기호나 사람에 대한 선호는 생물학적인 반응이 아니라 언어적 변별 체계에 의해 구성된다는 자크 라캉의 명제를 증명하는 것 같아 흥미로웠다.

아이들은 '놀이'의 세계에 산다. 안(속)과 밖(겉), '좋아'와 '미워'라는 이항 대립을 놀이의 규칙처럼 즐기는 것이다. 가만히 생각해보면 재미있는 놀이 같다. 속이 있으면 겉이 있다? '좋아'가 있으면 '미워'가 있다? 속은 싫고 겉은 좋다? 음, 재미있는데….

매이 밥 먹일 때 보면 안다. 배가 무지 고플 때는 몰라도, 대부분은 놀이판이 벌어져야 먹는다. 어린이집에서는 이것저것 가리지 않고 잘 먹는다는데, 선생님과 아이들이 식사를 놀이로 만들어주기 때문이다. 집에서는 정해진 시간, 정해진 장소에서 엄마 아빠 모두 참여하여 '식사놀이'를 하는 일이 드물기 때문에 잘 안 먹는다. 연구실에서는 같은 또래의 린이나 한 살 위의 유나와 경쟁을 붙여가며 먹기놀이를 하곤 했는데, 집에서는 그럴 또래가 없다. 한두 번은 몽이를 참여시켜서 "이거, 몽이 준다" 하면, 안 된다며 뺏기기 전에 날름 먹었는데, 약발이 떨어져 이제는 그냥 몽이 주란다. 몽이는 자기와 동일한 놀이 상대가 아니라는 것을 알게 된 탓이다.

놀이의 즐거움은 규칙의 반복에서 온다. 장기 규칙이 매번 바뀐다고 생각해보라. 숨바꼭질 규칙이 매번 바뀐다면? 아이들은 놀이에 싫증 날 때까지는 그 놀이의 규칙을 지겹도록 반복한다. 매이의 십팔번은 〈곰 세 마리〉이다. 덕분에 나도 지겹게 불렀다. 지겨워서인지 가사가 불온하게 느껴졌다. 왜 꼭 아빠곰은 뚱뚱하고 엄마곰은 날씬해야 돼? 안 귀여운 아기곰도 있잖아? 부르주아 핵가족의 전형적 이미지를 주입시키는 것 같았다. 그런데 한강시민공원에 놀러가 보고는 아, 정말 그런 '곰 세 마리' 가족이 많다는 것을 알았다. 아빠는 뚱뚱하고, 엄마는 날씬하고, 아기는 정말 귀여운 가족이 행복한 중산층 가족의 신체 이미지였다.

좀 깨주고 싶었다. 그래서 가사를 바꿔서 불렀다. "곰 세 마리가 한 집에 있어. 아빠곰 엄마곰 아기곰. 아빠곰은 날씬해, 엄마곰은 뚱뚱해, 아기곰은 울보쟁이래"라고 부르려 했는데, "아빠곰은 날씬해"라는 대목에서부터 검열이 들어왔다. "아빠곰은 뚱뚱해"란다. 날씬할 수도 있다고 해도 "아니야. 뚱뚱해야. 엄마, 아빠곰은 뚱뚱하지?"라며 지원군까지 끌어들인다. 하지만 지원군이 배신했다. 아내는 자기가 불러주겠다며, "아빠곰은 띠리리띠리리(영구처럼), 엄마곰은 음~ 괜찮타~"라고 했다. 엄마의 '생쑈'를 어리둥절한 표정으로 지켜보던 매이가 시무룩해졌다. 그 이후로는 〈곰 세 마리〉 노래를 잘 안 부른다. 매이의 놀이를 산통 깨고 나니 통쾌하면서도 미안했다.

그런 경우가 또 있다. 동화책에는 웬 놈의 왕자와 공주가 그리도 많

은지 신데렐라, 백설공주, 인어공주, 숲 속의 잠자는 공주, 개구리왕
자…. 지겹고 짜증이 나 각색해서 읽어줬다. "옛날에 백설이가 살았어
요. 지나가던 나무꾼이 뽀뽀를 해주었더니…." 뭐 이렇게. 하지만 매이
는 나의 각색을 결연히 거부했다. 한사코 백설공주여야 하고 반드시
왕자님이 뽀뽀를 해야 한다는 것이다. 그래서 나는 작전을 바꿔 왕자
와 공주가 민주공화국에는 존재하지 않는 왕정제의 '신분'이 아니라,
고유명사인 것처럼 읽었다. "옛날에 '공주'라는 여자애가 살았는데…
얘, 공주야… 그래서 공주는 '왕자'라는 남자와 잘 살았대…." 뭐 이렇
게. 그러자 매이는 어리둥절하더니, "아니야, 공주님이야. 엄마 공주님
이지?" 한다. 만만치 않다. 아내는 "아이일수록 창의적인 게 아니라 교
조적인 게 아닐까" 하고 심각하게 반문한다. 글쎄….

매이의 놀이 중 동참하기 힘든 것 중 하나가 기도놀이다. 매이가 다
니는 어린이집은 교회에서 운영하는 곳이라 식사기도를 한다. 또 일
요일마다 내가 돈 벌러 바깥에 있는 동안 아내는 그 교회 유아부에 간
다. 또래 아이들과 넓은 마룻바닥에서 뛰어놀 수도 있고 무엇보다 괜
찮은 점심을 얻어먹을 수 있기 때문이다. 거기서 매이는 자기를 무척
이나 귀여워하는 전도사님과 함께 기도하고, 멋진 예복을 입고 헌금
함을 들고 서 있는 것을 좋아한다. 그래서 집에 와서도 밥이나 케이크
나 과일을 먹을 때마다 기도를 해야 한다며 눈을 감고 기도송을 부른
다. 처음엔 흉내를 내주었는데, 양심에 거리껴 집에서는 안 해도 된다
고 설득했다. 매이도 기도놀이의 때와 장소를 이해했는지 지금은 어

린이집(교회)과 우리 집에서의 이중 플레이에 적용했다.

앞으로 매이에게는 무수히 많은 놀이가 펼쳐질 것이다. 컴퓨터놀이, 학교놀이, 경쟁놀이, 입시놀이, 공동체놀이, 사랑놀이, 스타놀이, 저항놀이, 복종놀이, 탈주놀이…. 그 삶의 놀이들 중에는 내가 권장하는 놀이도 있을 테고 흥을 깨고 싶은 놀이도 있을 것이고 엄마하고만 편먹는 놀이도 있겠고 모두 함께하는 놀이도 있으리라. 또 오직 매이 혼자만 해야 하는 고독한 놀이도 있겠지. 매이는 그 놀이의 규칙들을 즐기고 의심하고 폐기하면서 스스로 한 뼘씩 자라날 것이다.

2

놀이본능 2: 있다, 없다

아이는 놀이를 통해 자신을 표현한다. 멜라니 클라인에 따르면 아이는 놀이 속에서 자신의 환상을 극화함으로써 무의식적 갈등을 극복해간다. 가령 피터라는 아이가 장난감마차와 자동차를 부딪치거나 쓰러뜨리며 놀 때, 클라인은 그것이 사람을 상징한다고 보았다. 그네 두 개를 마주보고 흔들리게 해놓고 사람이 앉는 부분을 가리키면서 "이게 어떻게 서로 부딪치는지 봐요"라고 할 때 클라인은 그네가 성기를 부딪치는 아빠와 엄마라고 해석했다. '왜 꼭 그게 엄마 아빠냐'라는 의구심이 들지만, 아이는 사물을 자기나 타인의 신체가 연장延長된 것으로 감각하고 상징적 대체물로 사용한다는 취지에는 공감이 간다.

돌 지날 무렵 매이가 처음으로 갖고 논 장난감은 플라스틱 용기였다. 작은 그릇을 큰 그릇 안에 넣고는 까르르 좋아했다. 여러 가지 크기의 그릇을 매이 앞에 펼쳐놓았더니 크기에 맞게 포개려고 이리저리 궁리하는 모습이 귀여웠다. 클라인식으로 해석하면 매이는 큰 그릇 안에 작은 그릇을 집어넣는 놀이로 자신의 몸이 엄마의 몸(젖가슴) 안에 포개져 들어가는 환상을 상징적으로 표현한 것이다.

요즘도 매이는 그릇을 좋아한다. 내가 설거지를 할 때면 "매이도, 매이도" 하며 의자를 받치고 올라가 싱크대의 그릇을 씻는다. 수돗물을 졸졸졸 틀어놓고 빈 병이나 그릇에 물을 받는 것을 무척 좋아한다. 수도꼭지를 엄마 젖꼭지로 여기고 물 받는 행위를 젖 먹는 것처럼 느끼는 걸까? 하지만 그렇게 단순하지는 않은 것 같기도 하다.

이제 매이는 사물에 인격을 부여해 이야기를 꾸며낸다. "안녕, 난 그릇이야. 넌?" 그럼 나는 "안녕, 난 국자야. 넌 어디 사니?" 한다. 그럼 매이는 "응, 난… 아빠 얘 어디 살아?" 하고, 난 "매이네 집에"라고 대답한다. 그럼 매이는 "응, 난 매이네 집에 살아. 넌?" 하고 대답한다. 이렇게 만난 밥그릇과 국자는 밥 이야기로 이어지다가 얼토당토 않게 매이네 집에 사는 엄마 아빠 이야기로까지 비화한다. "응 그렇구나. 근데, 매이네 엄마는 주로 뭐해?"라며 은근슬쩍 엄마에 대한 평소 생각을 떠본다. 그럼 매이는 웅크린 자세로 손가락을 까닥이며 "응, 컴퓨터" 한다. "아빠는?" "응, 공부." (하하하. 누가 가르쳤는지 매이에게 아빠는 공부하는 사람이다.)

이런 식의 사물놀이는 주로 목욕할 때 이뤄진다. 욕조에 물을 받아 놓고 매이를 부르면 매이는 미끄러운 바닥을 살금살금 걸어와 (워낙 장애물이 많은 집안 환경에 적응한 탓에 매이는 좀처럼 안 부딪치고 안 넘어진다) 옷을 벗고 욕조 안으로 들어온다. 그러고는 몸 씻는 건 관심 없고 빈 샴푸병, 목욕타월, 부러진 샤워꼭지, 비누, 병마개 따위의 사물들을 가지고 놀이를 시작한다. 부러진 샤워꼭지를 가지고 "안녕, 난 고래야. 넌?" 그럼 나는 목욕타월을 들고 "안녕, 난 문어야. 어디 가니?" 하고, "응, 집에" 하면 "집에는 누가 있어?" 하면서 이야기를 이어간다. 틈틈이 매이 머리 감기랴 이야기 상상하랴 헷갈린 내가 타월을 들고 "야, 해파리의 공격을 받아라!" 하면 매이는 "아니야, 그건 문어잖아!"라며 정정한다. 혹 내가 놀이에 집중하지 않거나 자기가 생각한 상징과 너무 어긋나면 막 신경질을 부리며 운다. "아니야, 아니라고. 그건 집이 아니라 용궁이라고!" 소리친다. "아빠, 내가 뭐라고 그랬지?" 하고 눈을 흘기며 묻다가, 매이가 했던 말을 답하면 "그래, 맞아" 하고 고개를 까딱거리지만, 못 맞추면 "아빠, 미워!" 하고 토라진다.

아이들의 놀이 중에서 단연 백미는 '있다 없다' 놀이이다. 프로이트는 한 살 반 된 손자 아이가 실패 꾸러미를 장롱 밑으로 던지며 "fort~"(저기)라고 소리쳤다가 다시 잡아당기며 "da!"(여기)라고 외치는 모습을 보며, 그것은 엄마가 자기에게서 멀어져 보이지 않게 되었다가 다시 나타나는 상황을 상징적으로 극화한 것이라 해석했다. 이를 통해 아이는 엄마가 부재하는 슬픔을 상징적으로 극복하고 있다는 것이다. 자크 라캉은 그 실패 꾸러미는 엄마가 아니라 아이 자신을 상징적으로 대체한 것이라며, 아이는 그런 상징놀이를 통해 엄마와의 직접적 관계로부터 벗어나 현존과 부재가 교차되는 상징적 질서로 편입된다고 덧붙인다. 아이가 극복한 것은 엄마의 부재 상황이 아니라 엄마와의 신체적·직접적 이자二者 관계라는 것이다.

매이 역시 요람에 있을 때부터 '있다 없다' 놀이를 좋아했다. 아내 친구에게서 전동모빌을 선물 받았는데 여러 가지 물건들을 매단 채 비스듬히 회전하는 모양이 꼭 태양계를 상징한 것 같았다. 회전하다가 아래로 기울어질 때마다 달그락 소리를 내며 물체가 떨어지는데, 매이는 눈앞으로 다가오는 것을 손으로 잡으려고 손 사위를 치다가 저 멀리 사라지면 손발을 흔들며 좋아했다. 기어 다니게 되자 엄마나 아빠가 수건으로 몸을 숨겼다가 "까꿍" 하며 다시 나타나는 놀이에 환장했다.

걸어 다니면서부터는 자기 몸을 숨겼다가 다시 나타나는 놀이에 몰두한다. '있다 없다' 놀이의 완성판은 역시 숨바꼭질이다. "무구화 꼬치 피었습미다." "못찾겠다, 꾀꼬리." "찾았다. 이제 매이가 숨는다. 아빠 찾아." 청소할 때도, 설거지할 때도, 빨래 널 때도 시도 때도 없이 숨고 찾는다. 여남은 번을 반복하고서야 "이제 그만하자"고 할 수 있다. 도대체 뭐가 그토록 매력적일까?

어둑어둑한 골목길 남의 집 헛간 구석에 웅크리고 앉아 가슴을 콩닥거리며 발각의 두려움과 쾌감에 저녁밥도 잊었던 어린 시절이 떠오른다. 있고 없음, 현존과 부재, 은폐와 발각, 가시성과 비가시성, 빛과 어둠의 존재론적 반복만큼 인간의 놀이본능을 자극하는 것은 없나 보다. 프로이트의 말처럼 그 '있다 없다' 놀이의 쾌감은 있음의 약속에서 오는 걸까, 라캉의 말처럼 없음의 전망에서 오는 걸까? 존재의 근원에는 유有가 있을까? 무無가 있을까?

요즘 매이는 자기 전에 꼭 알까기놀이를 한다. 엄마보다 먼저 침대에 올라와 이불 속으로 몸을 숨긴다. 그러고는 불을 끄고 늦게 침실로 들어오는 엄마를 향해 "엄마, 매이 숨었어" 한다. 그러면 엄마는 "어? 우리 매이 어딨지?" 하고, 매이는 이불을 동그랗게 말고 꼼짝 않고 있다. 엄마가 "어? 여기 알이 있네?" 하면 매이는 안에서 꼼지락거리고,

엄마가 "어, 알이 흔들린다" 하면, 매이는 이불 안에서 "뿌지직, 뿌지직" 소리를 낸다. 그러다 이불을 벗고 튀어나와 두 손을 허리에 딱 붙이고 손바닥은 쫙 편 채 "삐약, 삐약" 소리를 내며 아장아장 걷는다. 몇 달째 매이는 밤마다 아프락사스가 된다. 없음에 괴로워하고 있음에 안주하는 나는 있음과 없음의 무한 반복을 즐기는 매이가 부럽다.

3

착한 마녀, 나쁜 마녀

아기는 자고 있을 때가 제일 예쁘다고 한다. 울고 떼쓰고 귀찮게 하지 않아 그런가 했는데, 정말 자는 모습이 가장 예쁘다. 방글방글 웃거나 애교 부릴 때도 예쁘긴 하지만 순전히 미학적인 관점에서 봐도 자고 있을 때가 제일 예쁜 것 같다. 꼭 아기만 그런 것은 아니다. 속눈썹을 드리우고 입술을 옴짝거리며 평온히 자는 사람의 얼굴은 이상하게 아름다움의 감각중추를 자극한다. 동화책 속 왕자들이 처음 본 공주에게 반해 입을 맞추는 것은 아마 그녀들이 잠을 자고 있었기 때문일 것이다.

특히 아침 햇살이 비춘 매이의 복숭앗빛 감도는 얼굴은 더 예쁘다.

하지만 나는 동화 속 왕자들처럼 입맞춤을 하는 대신 과부 보쌈하는 홀아비처럼 잠든 매이를 둘러업고 도망치듯 나온다. 기저귀 위에 팬티를 덧입히고, 아래위 내의와 양말, 바지와 윗도리, 외투를 다 입히는 동안에도 매이는 깊은 잠에 빠져 있다. 잠결에도 허리를 들어주고 소매 바깥으로 손을 빼는 등 옷 입히기를 도와주지만 그래도 눈은 뜨지 않는다. 그렇게 자고 있는 매이를 안고 가방을 챙겨 어린이집에 간다. 잠든 매이를 선생님에게 인계하고 나면 그때부터 나와 아내의 하루 일과가 시작된다.

생후 10개월부터 어린이집에 다녔으니 매이에게 어린이집은 또 하나의 우리 집이다. 좀 더 크고 '자아'가 생긴 후에 어린이집에 온 아이들은 엄마와 떨어지기 싫어 안 간다고 떼쓰기도 하고 새로운 환경에 적응하느라 고생한다지만 매이는 아무것도 모르는 젖먹이 때부터 다녀서인지 그런 적응 기간이 필요 없었다.

매이를 어린이집에 보낼 생각을 했을 때 마침 우리 집에서 10미터 정도 떨어진 영주어린이집이 문을 열었다. 다른 곳은 볼 생각도 안 하고 처음으로 방문한 그곳을 택한 이유는 매이를 맡아줄 선생님 때문이었다. 군에 입대할 자녀를 둔 그분은 첫눈에 봐도 '아, 나도 저분한테 보살핌을 받고 싶다'고 느낄 정도로 따스한 미소와 명랑한 성품을 가진 분이었다. 아이들과 함께 생활해서인지 아이처럼 천진난만한 구석도 있다. 가끔씩 소녀 같은 표정으로 매이와 장난치는 모습을 보면 귀엽다는 생각마저 드는 분이다.

별반(0세빈)에는 매이보다 석 달 늦게 태어난 윤서와 그보다 한 달이 더 어린 이주 그리고 매이가 있었다. 1년 후 윤서는 어린이집을 옮겼고, 매이와 이주는 3년째 함께 어린이집을 다니고 있다. 3년 남짓한 매이의 생애 중 가장 많은 시간을 같이 보낸 이주는 당연히 매이의 '베프'이다. 엄마 젖을 빨다가도 나와 아내가 나누는 대화(예컨대 "이주 노동자 방송의 미누 말이야") 속에 '이주'라는 단어가 들어 있으면 어김없이 "이주? 매이, 이주 좋아하는데?"라고 끼어들 정도이다. 매이도 어렸지만 이주가 별반에 왔을 땐 아직 기지도 앉지도 못하는 아기였다. 6개월 된 이주는 내복만 입고 담요에 싸인 채 등원하여 선생님이 타서 물려주는 젖병을 빨며 잠들었다.

그에 비하면 매이는 앉아서 장난감을 만지기도 하고, 벽을 짚고 서서 창문 너머를 기웃거리기도 하는 터라, 아내와 나는 너무 어린아이를 떼어놓는 것이 아닌가 하는 미안한 마음을 덜 수 있었다. 그런 아이들을 먹이고 재우고 똥 기저귀 갈아주고 아플 땐 약 먹이고 장난감과 동화책으로 놀아주고 제때 대소변 가리기까지 돌봐준 주 선생님은 아이들의 또 다른 엄마였다. 아이들 뺨에 얼굴을 부비며 "우리 딸랑구"라고 할 때 '어째서 자기 딸이야?'라는 생각은 조금도 들지 않았다. 우리보다 매이를 더 잘 알고 더 많은 시간 함께하고 더 많은 것을 가르쳐 주셨으니 충분히 "우리 딸랑구" 할 만하다.

1년이 지난 후 별반을 떠나 조금 더 큰 아이들 반인 달반으로 보내는 날, 그분 눈자위가 붉어지는 것을 보았다. 같은 어린이집에 있지만 그래도 똥 기저귀 정을 떼고, 새 담임선생님과 친해지기 위해서는 이전처럼 살갑게 대해서는 안 되기 때문이다. 아침에 잠든 매이를 새 담임선생님 품에 안길 때나 저녁에 새 담임선생님과 작별 뽀뽀를 나눌 때 별반 창문으로 그리운 시선을 보내며 매이를 바라보시던 주 선생님의 모습이 눈에 선하다. 그런데 아이들에게는 정서적인 채무감이 없다. 주 선생님과 안 떨어지려고 하면 어쩌나 했는데, 기우였다. 매이는 새 담임선생님과 매우 빨리 친해졌다. 반을 바꾸고 이틀 후 "매이 선생님 누구야?" 했을 때 매이는 망설임 없이 새 담임선생님을 가리켰다. 주 선생님은 매이의 그런 놀라운 적응력이 못내 섭섭한 눈치였다.

달반의 최 선생님의 첫인상은 좋지 않았다. 40대 중반쯤의 꽤 도시적인 인상이었는데 어린이집 교사생활이 얼마 되지 않은 분이셨다. 매이를 데려다줄 때나 데리고 올 때 그분은 매이에 집중하는 것이 아니라 매이의 부모인 나를 더 신경 쓰는 것처럼 느껴졌다. 그분의 시선이 부모를 향할수록 나는 그분의 아이에 대한 애정을 의심했다. 아내와 얘기할 때 나는 최 선생님을 '팥쥐 엄마'라고 불렀다. 그에 반해 별반의 주 선생님은 〈신데렐라〉의 '착한 마녀'라고 할까? 나는 매이보다 더 어린애 같은 선입관을 갖게 되었다.

그런데 두어 달이 지난 후부터 뭔가 다른 느낌을 받았다. 최 선생님의 시선이 매이에게 집중되고 그분의 표정과 말투가 점점 착한 마녀에 가까워졌다. 그제야 깨달았다. 처음의 나쁜 마녀 같은 인상은 그분의 도덕적 결함이 아니라 미숙함에서 비롯된 것임을. 아이들과의 관계가 친밀해지고 그에 따라 돌봄 능력이 커지자 최 선생님은 '착한 마녀'가 되었다.

며칠 후 최 선생님이 알림장에 매이가 무척 잘 적응해줘서 자기가 자신감을 갖게 되었다, 고맙다고 적어 보내셨다. 매이는 이미 알고 있었을까? 사람의 성품은 도덕성이 아니라 관계의 능력에 따른다는 것을. 좀 느긋하게 기다려주는 것이 자신에게도 좋다는 사실을.

4

학부모 예행연습

　나는 어린이집을 '학교'라 부르곤 한다. "매이야 학교 가자." "학교에서 재미있었어?" 장차 매이가 초등학교에 가고 내가 학부모가 되었을 때 생길 문제에 대해 심리적으로 대비하기 위해서이다. 경쟁에서 뒤처졌을 때, 선생님에게 문제아로 찍혔을 때, 친구들에게 왕따를 당했을 때, 학교의 교육 방침과 내 생각이 다를 때, 내 견해와 아내의 것이 다를 때 어떻게 해야 할지 예행연습을 해보자는 각오였다. 어린이집은 아직 살벌한 성적 경쟁이나 대중매체에 감염된 또래 집단의 집단주의, 관료주의적 행정 체계가 없지만 미약하나마 비슷한 현상이 일어날 것 같은 염려 때문이다.

다행인지 착각인지 매이는 어린이집에서 모범생이다. 놀이 프로그램에 열성적으로 참여하고 또래 친구들(그래 봤자 너덧 명이지만)에 비해 언어 표현력도 뛰어나다고 칭찬받는다. 선생님에게 귀여움을 받고 친구들에게도 사랑받는다. 매이가 작년까지 닭살스러운(?) 애정 관계를 과시하던 주완이 대신 최문기와 러브-러브라인을 맺게 되자(사랑이 어떻게 변하니?), 주완이가 과도한 애정 공세로 자기를 껴안거나 질투로 인해 밀친다며 투덜대는 것이 문제라면 문제다(잠자기 전 최문기와의 선물 교환 내역과 주완이의 악행을 한참 이야기한다). 그 외에는 선생님들도 좋고 원장의 운영 방침도 합리적이다.

그래도 어린이집과의 긴장 상황이 몇 번 있었다. 제1라운드는 작년 초. 어린이집에서 특별활동 프로그램에 대한 학부모의 의견을 물어왔다. 체육, 음악, 레고 같은 것인데(다행히 영어 수업은 없었다) 외부에서 선생님을 불러와 하는 프로그램이라 추가로 돈을 내야 한다는 것이다. 그런데 반대하는 사람이 서너 명 있었다. 이럴 땐 어떻게 해야 하지? 아내는 시키고 싶어 하는데, 그렇게 되면 특별활동을 하는 다수 아이들과 안 하는 소수 아이들 사이에 차별이 생기는 것이 아닐까? 특별활동에 참여하지 않는 아이들은 누가 돌보며, 그 아이들을 위한 프로그램은 어떻게 되는 것일까? 그런 걱정을 한 보따리 학부모 의견 란에 적어 보냈다. "하고 싶기는 하다. 그러나 안 하는 아이들을 위한 대책이 없으면 곤란하다. 결코 차별은 없어야 한다." 학교에 대한 '진정'을 예행연습 한다는 생각에 자못 비장했다.

결과는? 좀 싱겁게 끝났다. 어린이집에서는 특별활동 안 하는 아이들을 돌봐줄 선생님을 이미 배정하고 있었고, 처음에 반대했던 사람들도 특별활동 수업 장면을 담은 동영상을 보고 호감을 가진 데다, 두 과목(체육, 음악)으로 한정하는 조건에서 찬성 입장으로 돌아선 것이다.

제2라운드는 작년 말. 수료앨범 문제를 두고 아내와 갈등이 일었다. 매년 반이 바뀔 때마다 한 해 동안 어린이집에서 찍은 사진과 수료식 사진을 묶어 앨범을 제작하는데, 가격이 6만 원이었다. 별반 수료할 때는 별생각 없이 신청했다. 그런데 달반 수료할 때는 생각이 많았다. 별반 수료할 때 신청하지 않은 사람이 몇 명 있었던 것이다. 6만 원이 부담스러운 사람들도 분명 있을 터. 혹시 소외감이라도 느끼면 어쩌나? 이번엔 아내를 설득해 신청하지 않았다. 그런데 달반 수료식에 참석했던 아내 입이 한 뼘이나 나왔다. 다른 애들은 모두 앨범을 가지고 있는데 매이만 없었다면서, 얼마나 예쁜데, 특히 매이는 표현력이 좋아 사랑스러운 사진들도 많았는데 다 버리게 되어 선생님들도 많이 아까워했다고…. 괜히 나 때문에 앨범을 못 갖게 되었다며 "자기, 미워!"를 연발했다. 나는 앞으로 기념앨범 만들 일은 무수히 많을 거다, 봐라 집에 있는 앨범도 안 보고 있지 않느냐, 내년 졸업앨범 때는 꼭 신청하자며 겨우겨우 달랬다.

제3라운드는 지난 설날 때 벌어졌다. 설을 앞두고 매이와 목욕을 하던 아내가 거실에 앉아 있는 나에게 선생님에게 선물을 주면 어떻겠느냐고 제안했다. TV 속 남한산초등학교의 아름다운 교육을 경탄하며 보던 나는 화들짝 놀라, 무슨 소리냐며, 안 된다고, 어떻게 그런 생각을 할 수 있느냐며 비난했다. 그러자 아내가 왜 그렇게 경직된 반응을 보이느냐며 반격해왔다. 담임선생님에게만 주는 것도 아니고 모든 선생님들이 가볍게 먹을 수 있는 떡이나 과일 같은 걸 하자는 건데, 내가 뭐 뇌물을 주려고 하느냐, 과일 몇 개 때문에 선생님들이 매이만 특별히 예뻐할 거라고 생각하는 게 오히려 선생들의 인격을 무시하는 거라고 했다. 아내는 병원에 근무했던 경험을 들려주며, 환자들이 병동에 보내는 작은 '촌지'는 삭막한 노동환경에서 대면 노동의 가치를 일깨우고(내가 그저 돈 벌려고 일하는 것이 아니라, '인간'을 돌보고 있었지?) 직업적 자긍심을 높이는 작용을 할 뿐, 환자에게 특별서비스를 제공하게 하진 않는다는 말도 덧붙였다.

생각해보니 아내 말이 맞았다. 아직 어린이집은 경쟁과 권위가 판치는 곳이 아니다. 때 묻지 않은 아이들의 존재 자체가 경쟁과 권위의 힘을 억누르고 있다. 평등이 중요하긴 하지만 그 때문에 공동체적 정서까지 억눌러서는 안 되겠다는 생각에 가벼운 마음으로, 망각의 주술과 함께 배 한 상자를 선물했다. 어떤 마음의 짐도 남기지 않고 배만 남도록.

다행히 다음 날에도, 그다음 날에도 선생님의 따스한 눈빛에는 어떤 변화도 없었다. 그저 "배 잘 먹었어요"라는 이웃집 아주머니 같은 경쾌한 인사말만 전했을 뿐. 괜히 나 혼자만 생각이 복잡했다. 이제

학교 걱정은 나중에 하기로 하고, 그냥 '어린이집'이라고 부르련다.

"매이야 어린이집 가자!"

5

매이의 여성성

　며칠 전 어린이집에서 돌아오는 길에 매이가 "아빠, 매이 언니지, 오빠 아니지?" 한다. 처음으로 듣는 젠더 발언이라 놀라워서 "응? 무슨 소리야?" 했더니 "응, 매이, 송연이 언니야. 오빠 아니야" 한다. 송연이는 요즘 매이가 엄청 예뻐하는 한 살 아래 여자애다. 매이가 '치카치카'(칫솔질)를 안 하려 하거나 일찍 안 자려고 할 때 "매이, 이제 아기 아니지, 언니지? 언니는 치카치카도 잘하고 일찍 자야지? 그래야 키도 크지?"라며 언니 노릇을 하게 하는 어린이집 동생이다. 그러면 매이는 "응, 송연이는 아기야. 매이는 언니야"라면서 언니처럼 어깨를 으쓱인다. 그런데 "오빠 아니지"는 뭔가? 드라마 〈추노〉를 통해 알려진 것처럼, '언니'라는 호칭은 성별과 상관없이 친한 손윗사람을 일컫는 말인데 굳이 오빠와 대비시켜 여성으로서의 정체성을 주입한 사람이 누굴까?

"선생님이 그러셨어? 매이 오빠 아니라고?" "응." 그다음 날인가 평소엔 멋지다고 잘만 입던 스파이더맨 내복이 싫다며 기어이 공주가 그려진 내복을 입겠다고 한다. 그러면서 또 "매이, 오빠 아니야. 언니야"란다. 며칠 후 어린이집에서 데려올 때 선생님에게 "매이가 요즘 굉장히 여성적이죠? 좀 심할 정도로"라며 넌지시 떠봤다. 그랬더니 선생님이 매이 쪽을 보고 활짝 웃으며 "매이는 이제 아기가 아니라 여자지요?" 하신다. 어떤 어린이집에서는 매이 또래 아이들에게 '결혼놀이'를 시킨다고 하는데, 설마 영주어린이집에서도 그러는 것은 아닌지 걱정스럽다.

언젠가 아내가 농담 반 진담 반으로 "나는 매이가 레즈비언이어도 좋을 것 같아. 그쪽 파트너 부모는 둘을 안 받아들이고, 우린 두 사람을 인정하고 집도 얻어주고 잘해주면… 히히 우린 살가운 딸 하나 더 생기는 거고, 매이는 시댁 스트레스 안 받아도 되고, 와 대박이다"라고 말한 적이 있다. 듣고 보니 그럴 듯해서(우리가 원한다고 그렇게 되는 것은 아니지만) 그것도 나쁘지 않겠구나 생각했는데, 어린이집에서는 생각이 다른가 보다.

세 번째 봄을 맞아 매이의 여성성이 활짝 꽃피고 있다. 미용실 가서 머리 자르자고 해도 긴 머리가 예쁘다며 안 가려 하고, 잠옷도 그냥 내복은 싫고 꼭 레이스 달린 팬시한 원피스만 고집한다. 입고서 살래살래 "아빠, 나 신데렐라 같아?" 하고 꼭 물어본다. 엄마랑 목욕할 때는 한 시간 넘게 욕조에서 엉덩이를 살랑거리고 손을 꽃처럼 접었다 폈다 하며 노래 부르고, 교회에서는 자기보다 어린 아이를 엄마처럼 껴안고 업어준다고 야단이란다. 살아 있는 강아지가 두 마리나 있건만 꼭 강아지인형을 품에 안고 토닥거리며 잠들고, 엄마 화장품을 바르고 손거울을 보며 "매이 예뻐?" 하는 등 온갖 '여시짓'을 한다.

남자아이를 길러본 적이 없어 확신할 수는 없지만, 아름다움에 대한 예민한 감성과 타자와의 정서적 관계는 여자아이가 훨씬 풍부한 것 같다. 아내가 들려준 교육학 실험 관찰에 따르면, 엄마가 아프다고 할 때 여자아이들은 보통 "엄마 많이 아파?" "어디가 아파?" "내가 약 발라줄게" 하며 호호 불어주는 등의 정서적 반응을 보이는 반면에 남자아이들은 뚱한 표정으로 못 들은 척하거나 그 어색한 상황을 모면하려 딴짓을 하는 경우가 태반이라고 한다. 이런 차이는 다 큰 남녀들을 보면 더 확실하다. 우리 부부를 포함해 대부분의 부부 싸움은 정서적인 반응을 기대하는 여자와 자신의 정서적 무능을 감추기 위해 "약 먹었어? 병원 가봐"라며 논리적으로 반응하는 남자 사이에서 발생한다.

이런 성적 차이는 어디서 비롯된 것일까? 사회적으로 부추겨지고 이용된 측면도 있지만 분명 기질적인 요인도 있다. 보통 여성적 기질, 남성적 기질이라 부르는 것은 실은 성 정체성과는 상관없이 인간, 아니, 생물 일반의 대칭적 기질이다. 프로이트가 수동성과 능동성이라 부르고, 칼 융이 아니마와 아니무스라고 부른 이 대칭적 기질은 '음양'처럼 모든 생명체에 내재하는 상보적 기질이다. 이때, 수동성이 나쁘고 능동성이 좋다는 뜻은 아니다. 수동성은 감성적 수용 능력, 정서적 관계 능력, 열정, 희생 등을 의미한다. 수동성이 타자에 대한 감응 능력이라면, 능동성은 공격성, 합리적 분석, 논리적 지배 등 타자에 대한 지배 능력이다.

이 대칭적 기질의 유전학적 표현체가 X염색체와 Y염색체인데, 두 염색체의 조합 과정에서 XXX를 갖게 된 사람은 과도한 수동성으로 대인 관계에 장애를 일으키고, XYY를 가진 사람은 과도한 폭력성으로 반사회적 장애를 일으킬 가능성이 크다. 그런데 흥미로운 점은 두 염색체 중 성 정체성을 결정하는 요소가 Y염색체라는 사실이다. 예컨대 XXY나 XXXY나 XXXXY형의 조합을 가진 사람은 X염색체가 더 많아도 역시 표현형은 남성이다. 왜냐하면 최초 생식선의 성 분화를 결정하는 요인이 Y염색체에 있기 때문이다. Y염색체의 SRY유전자(성결정인자)가 작용함으로써 여성으로 마무리될 초기 생식샘과 미분화 단계의 내부 생식기, 외음부 등을 남성형으로 특화시킨다. 이 과정의 각 단계에 문제가 생기면 여러 형태의 가성 반음양pseudo hermaphroditism이 생긴다.

프로이트도 인간의 성은 오직 하나의 척도, 즉 '남근'의 있음과 없음에 따라 결정된다고 말했다. 이를 두고 목적론자들은 남성이 완성형이고 여성은 미완형이라고 해석하는데, 생물학자들은 좀 더 현명하게 인간(포유류)은 암컷이 기본형이고, 이 기본형이 SRY유전자 작용으로 수컷으로 개조되는 것이라 본다. 라캉식으로 말하면, 남성(남근)은 인간의 기본형(여성)에 부가된 일종의 '잉여'(과잉)이다. 이 남근의 잉여가 인간 사회를 소유 관계와 지배-피지배 관계로 재편하는 것이다.

여성적 기질이든 남성적 기질이든 그것은 삶의 결정인자가 아니라 다양한 삶의 조건들 중 하나일 뿐이다. 천부적으로 머리가 뛰어나거나 타고나게 예쁘거나 사주가 기똥차게 좋거나 기막히게 나쁘거나 부자 부모를 두었거나 가난뱅이 부모를 두었거나 모두 화투판의 패와 같은 것이다. 자기가 들고 있는 패를 지혜롭게 사용해 자기식의 행복 점수를 낼 일이다. 다만, 특정 패만 귀히 여기고 특정 패는 아예 치지도 않는 규칙 따위는 바꿔가면서.

미운 네 살, 부정의 쾌락

"산토끼, 토끼야. 어디를 안 가느냐, 깡충깡충 안 뛰어서~." 취침 전 침대쇼에서 매이가 이상하게 노래를 부른다. 노래 가사를 '안부정문' 으로 바꿔서 부르는 것이다. '안' 자를 여기저기 넣어보면서 까르르 웃는다. "곰 세 마리가 안 한 집에 있어. 안 아빠곰 안 엄마곰 안 아기 곰. 아빠곰은 안 뚱뚱해~." "매이야, 왜 그래? 이상해!" 하니까, 매이 는 "안 이상해" 하며 또 까르르거린다.

'안부정문'은 누구한테 배운 걸까? 요즘 매이의 언어 습득은 거의 폭발적이다. 누가 가르쳐서가 아니라 혼자 터득한 것 같다. TV와 일 상생활에서 접한 말들을 마치 레고장난감처럼 이리저리 맞춰보면서 거의 완벽한 성인 언어를 조립해낸다. 어느 순간 '안부정문'의 용법을 발견했을 것이고 다른 어떤 구문보다 활용도가 높다는 것을 알아냈으리라. 게다가 이 '안'의 '부정' 용법은 주어진 상황을 일거에 뒤집어 반대되는 상황을 창조하는 놀라운 매력이 있지 않은가.

단지 문장 가운데 '안' 자만 넣는 게 아니다. 미운 네 살을 맞아 매이는 '부정의 정신'을 몸으로 체득하고 있다. 목욕할 때 욕조에 들어오기 전에 쉬하라고 하면, 안 마렵다면서 그냥 들어와서는 보란 듯이 오줌을 눈다. "욕조에 쉬하면 안 돼!" 가르치면, 매이는 의기양양하게 "욕조에 쉬하면 됩니다. 딩동댕!" 하며 손을 입에 대고 깔깔깔 웃는다. 국수를 좋아해 자주 끓여주는데, 요즘은 몇 젓가락 먹다가 곧 장난을 친다. 손으로 건져 먹어서 "손으로 먹으면 안 되는데" 하면, "손으로 먹으면 되는데" 하면서 국수발을 조몰락거리며 옷에 칠갑을 한다. 음식 가지고 장난치면 나도 욱한다. 그래서 억박지르듯이 "안 된다고 했지!" 소리친다. 예전 같으면 으앙 울다가 "아빠, 미안해요" 라고 했을 텐데, 요즘은 아랑곳하지 않고 알몸에 국수 칠갑을 하며 지금은 매이 옷장으로 쓰는 아기용 침대에 올라가 "매이 잡으면 안 하지" 한다.

하루는 아내가 목욕을 하면서 청개구리 이야기를 들려줬다. "옛날에 엄마가 하는 말에 반대로만 하는 청개구리가 살았어요. (…) 그래서 엄마가 죽으면서 시냇가에 묻어주라고 했지요. 그런데 이번에는

엄마 말대로 시냇가에 묻었대요." 하지만, 죽음의 비극성과 참회의 역
학 관계를 알지 못하는 매이는 멀뚱멀뚱 듣더니 이야기가 끝나자마자
"청개구리? 까르르. 청개구리래. 재밌다. 엄마 또 해줘" 한다. 다 씻고
나서 내가 큰 타월로 매이를 감싸고 건져 올리며 "어이구, 이 청개구

리야!" 했더니 매이는 청개구리처럼 내 어깨를 밟고 올라와 양다리로 내 목을 감싸며 짝 달라붙는다. 그것도 모자라 내 어깨에 발을 딛고 벌떡 일어서서 거실 천장에 머리를 부비며 행여 떨어질까 손으로 붙잡고 안절부절못하는 내 위에서 재밌다고 난리다. 아내는 "뭐야? 서커스야?" 하며 위험하다고 경악한다.

관심이 부족했나? 자기 행동에 대해 피드백을 잘 안 해주는 엄마 아빠에게 섭섭했나? '반대로' 하면 엄마 아빠가 크게 반응한다는 것을 알고는 이렇게 도발을 하는 것일까? 그래서 심심해하는 것 같다 싶으면 "매이야, 책 읽어줄까?" "아빠 청소할 건데, 청소기 위에 올라탈래?" "걸레질할 건데 등에 올라탈래?" 하며 '반대로' 놀이를 원천 봉쇄하려고 해봤다. 자칫하다가는 하지 말라는 것만 하고 하라는 건 안 하는 청개구리 습속이 굳어질까 봐 걱정되었다. 그래도 '안부정문'의 매력과 '반대로 하기'의 흥미는 떨칠 수 없나 보다. "안 잘못했습니다." "치카치카 안 해도 됩니다. 딩동댕!" 엄마 젖 물고 잡아 늘이며 "찍, 뽕" 소리내기, 양치질 안 하려고 도망 다니기, 물이 뚝뚝 떨어지는 알몸으로 술래잡기 등등. 괜한 힘만 쓴 것 같아 억울하다.

그냥 인생에 처음으로 맛보는 '부정의 쾌락'을 만끽하도록 내버려두기로 했다. 앞으로 매이의 인생에 부정해야 할 말이 얼마나 많을 것이며, 해야 할 명령이 얼마나 많을 것인가. 특히 부모의 생각과 명령이야말로 한 인간의 삶에서 부정과 억압의 대상으로서 가장 은밀한 쾌감을 주지 않는가.

예전에 곰인형 탈 쓴 사람이 춤을 추며 "아버지는 말하셨지, 인생을 즐겨라"라고 노래하는 광고를 본 적이 있다. 한편으로는 한국의 가족주의도 발전하긴 했구나. 아버지의 명령이 부정의 대상이 아니라 금언이 되다니, 게다가 "즐겨라!"라는 소비자본주의의 명령을 발하는 아버지라니, 놀라기도 하면서 다른 한편으로는 어쩌면 곰의 탈을 뒤집어쓴 저 사람은, 곰처럼 두 발로 서서 외설스러운 쾌락을 즐기는 아버지에 대한 무의식적인 공포를 아버지(곰)와의 동일시로 은폐하는 편집증 환자가 아닐까 하며 어설픈 정신분석을 해보기도 했다.

매이가 앞으로 어떤 세계관을 가질까 아내와 얘기를 나눌 때가 종종 있다. 아내는 "부정을 거쳐 결국 큰 틀에서는 같아질 것"이라며, 엄마 아빠의 세계관과 비슷하리라 낙관하지만 나는 좀 다르다. 자식은 부모의 욕망과 명령을 부정(혹은 억압)하기 마련이며, 매이가 꼭 우리처럼 소위 '정치적 올바름'을 추구하는 세계관을 가지지 않을 수도 있다. 설사 '정치적으로 올바른' 세계관을 드러낸다 해도 그것은 반대의 욕망을 억압한 결과일 수도 있다. 아내는 "그럼 매이가 파시스트가 될 수도 있다고 생각해?" 하고 묻는다.

글쎄, 아니길 바랄 뿐, 우리의 세계관이 매이에게 어떤 식으로 작용할지는 알 수 없다. 우리가 할 수 있는 것은 그저 우리 자신이 좋은 삶을 사는 것밖에 없다. 그것이 매이에게 부정의 쾌락을 주는 명령어로 작용하지 않게 조심하면서. 앞으로 매이에게 "하지 마"라든가,

"해야 돼!"라는 말은 삼가고 더 많이 놀아줘야겠다. 에고, 서커스 하느라 어깨가 빠진다!

7

매이와 함께 만화를: 미키, 뽀로로, 코코몽

　드디어 나도 아내처럼 매이와 같은 눈높이에서 싸웠다. 한국과 일본의 월드컵 국가대표 평가전이 있는 날 저녁이었다. 집에 들어가자마자 매이의 동태부터 살폈다. '또 TV를 끼고 만화를 보고 있으면 어쩌지.' 다행히 아직 TV도 안 켠 채 엄마 젖을 물고 막 잠이 들었다. 저 상태라면 족히 한 시간 반 정도는 잠을 잘 것이다. 조심스레 TV를 켰다. 마침 박지성이 선제골을 넣었다. 그런데 환희는 곧 좌절로 돌아왔다. 환호성 소리에 매이가 눈을 번쩍 떴다. 두리번거리더니 TV에 눈길을 보냈다. 나는 모른 척하고 경기에 몰입했다. 이번만은 양보할 수 없다는 결의를 온몸으로 내뿜으면서.

손에 땀을 쥐는 긴장과 불안의 시간이 얼마 지난 후 나의 기대를 무너뜨리는 공격이 들이닥쳤다. "만화~ 만화~." 나는 안간힘을 쓰며 방어했다. "매이야, 부탁인데 아빠 이거 조금만 보면 안 될까?" 상대방의 결의를 눈치챈 듯 매이는 더 세게 나왔다. "저거 싫어, 만화 틀어줘. 미키마우스, 미키마우스." 나는 더욱 확고한 의지를 내뿜으며, 무시 전략으로 대꾸도 않고 계속 TV를 응시했다. 하지만 나의 의지는 매이에게는 가닿지 않고 아내에게만 감지되었다. "매이야, 아빠, 저거 좀 보게 하자. 응?" "저게 뭔데?" "응, 아빠 만화. 아빠가 무지 좋아하는 만화야. 아빠 저거 조금만 보게 하면 안 될까?"

아내의 지원사격에 나는 정말 어린애가 된 기분이었다. 입을 앙다물고 오늘은 기필코 이것을 봐야겠다는 표정을 지었다. 다른 '아이'의 적대적 욕망을 감지한 매이는 급기야 울음을 터뜨리며 최후의 일격을 가했다. 어쩔 수 없다. 여기서 더 버티면 나는 정말 어린애가 되고 만다. 차마 그럴 용기는 없었다. "흥, 아빠 삐쳤어"라고 말하며, 신경질적으로 만화를 틀어주고 나는 공부방의 컴퓨터를 켰다.

그런데 인터넷 연결이 자꾸 끊겨 도저히 중계방송을 볼 수 없었다. 시간이 흐르자 나도 모르게 신경질적인 탄식이 새어나왔다. 나의 삐침을 감지한 아내는 매이를 타일렀다. "매이야, 아빠 보고 싶은 거 보게 해주자." "싫어!" "매이, 자꾸 이러면 엄마 젖 안 줄 거야." 매이는 아무 대답이 없다. 그 순간 나는 엄마 치마폭에 매달려 억울함을 호소하는 어린아이로 되돌아갔다. 뭔지 모를 서러움이 울컥 치밀어 올랐다. 한참 만에 매이가 울음 섞인 목소리로 "알았어요. 미안해요"라고 했다. "아빠! 매이가 아빠 보고 싶은 거 봐도 된대요." 아내한테서 승전보가 들려왔다.

이게 무슨 꼴인가? 한데 경기는 이제 막 끝난 참이다. 나는 감정을 수습하고 짐짓 '어른'으로 표정 관리에 들어갔다. "됐어. 경기 끝났어. 매이, 보고 싶은 만화 봐." "매이, 아빠한테 미안하다고 말해야지"라는 아내의 말에 매이는 못 이기는 척 "아빠, 미안해요"라고 대답했다. 나는 약간 짠해져서 "아냐, 매이야. 매이, 아빠가 화난 줄 알고 속상했구나? 아빠, 화 안 났어"라며 잽싸게 뒷주머니에 구겨 넣었던 '어른의 가면'을 꺼내 썼다.

머쓱해진 나는 매이 옆에서 매이가 보는 만화를 비평하기 시작했다. IPTV에 저장되어 있는 〈미키의 클럽하우스〉가 방영되고 있었다. 첫 회부터 마지막 회까지 적어도 세 번은 봤을 게다. "근데, 구피도 개고 플루토도 개인데, 왜 구피는 의인화되고 플루토는 여전히 애완동물인 거야? 그리고 미키의 여자 친구는 같은 생쥐인 미니이고, 도날드의 여자 친구도 같은 오리인 데이지인데, 왜 구피의 여자 친구 클라라는 개가 아니라 소야? 구피는 자기 발 냄새를 제일 좋아하고 맨날 정신 줄 놓고 사는 놈으로 그려지는데, 다른 (인)종과 연애하는 건 돌아이나 하는 짓이라는 건가?"

내 비평에 아내가 거들었다. "〈선물공룡 디보〉에서는 디보의 선물 자체가 문제 해결의 도구가 아니라 인물들의 성격적 결함이나 습속의 변화를 이끌어내는데, 〈미키의 클럽하우스〉에선 '마우스캡툴'이 캐릭터와는 무관하게 '데우스 엑스 마키나'(느닷없이 위기의 인간을 도와주는 신의 도구)처럼 모든 문제를 해결해주잖아. 무슨 페티시즘도 아니고. 또 〈뽀롱뽀롱 뽀로로〉, 〈선물공룡 디보〉, 〈냉장고 나라 코코몽〉 등에서는 친구 집단 중에 꼭 요리사와 발명가가 한 명씩 있잖아. 그런데 〈미키의 클럽하우스〉에서는 '만능손'이라는 기계장치가 요리를 비롯해 모든 가사 노동을 대신해주고, 그 시스템을 책임지는 발명가는 무슨 박사님이라고 따로 있어. 갈등을 일으키는 반동 인물도 친구 집단 외부에 존재해. 걔는 덩치 큰 블루칼라 노동자 같은 차림인데, 캐릭터나 욕망에 일관성도 없고, 서사의 편의에 의해 일회적으로 등장해서는 단편적인 행위만 하고 사라져. 주로 악당처럼 행동하는데, 어떨 땐 자신을 이들의 친구라고 말하기도 하고. 정말 기능적이야. 그런데 진짜 갈등은 집단 내부의 캐릭터 차이에 의해 생기는 거잖아. 그걸 화합해나가는 게 의미 있는 일이고."

나도 맞장구를 치며 덧붙였다. "맞아. 철저하게 미국식이야. 쟤네들의 놀이는 노동이나 일상생활과 분리되어 있어. 무슨 도박하우스도 아니고, 왜 꼭 미키 소유의 클럽하우스에서 노는 거야?"

이렇게 엄마 아빠가 주거니 받거니 불평을 늘어놓자, TV를 보고 있던 매이도 신경이 쓰이나 보다. "뭐라구? 엄마, 뭐라고 하는 거야?" "아, 〈미키의 클럽하우스〉가 재미없다고" "왜? 왜? 매이는 재미있는데" 하더니, 곧 자기도 실망했는지 "그러엄~ 코코몽 틀어주라" 한다.

〈냉장고 나라 코코몽〉은 국산 애니메이션으로, 냉장고 안에서 흔히 볼 수 있는 소시지, 달걀, 당근, 오이, 파, 콩, 무, 버섯에 생명을 불어넣은 프로다. 냉장고 나라의 '얼음물고기'가 이 음식 재료들에 혼을 불어넣었더니 소시지는 장난꾸러기 원숭이 코코몽으로, 삶은 달걀은 새침한 토끼 아로미로, 당근은 춤짱 노래짱 당나귀 케로로, 오이는 요리왕 악어 아글로, 파는 사고뭉치 닭 파닥으로, 완두콩 세 개는 너구리 삼형제 두콩 세콩 네콩으로, 무와 버섯은 몸통과 머리로 결합해 이해

심 많은 하마 두리로 변신한다. 얼음물고기가 사는 강물이 공중에 떠 있고, 생명 에너지가 태양열이 아니라 '냉기'라는 설정 역시 참신하다. 또 각기 다른 캐릭터에서 비롯되는 갈등이 현실감 있고 그 해결 과정도 지혜로워서 나도 재미있어 한다.

특히 식재료와 동물 그리고 고유명사라는 세 '계열' 간의 비물질적 '변용' 관계가 무척 흥미롭다. "매이야, 코코몽은 뭐지?" 혹시 알까 해서 매이한테 물어보았다. 그랬더니 "응? 응, 원숭이" 한다. "그 전에 원래는 뭐였는데? 뭐가 뭐로 변했지?" "응, 소시지"라고 정확히 대답한다. 내친 김에 다른 것도 물었다. "파닥이는 뭐지?" "응, 파." "그래, 그 파가 뭐로 변한 거지?" "응, 파닥이, 닭."

이런 식으로 나는 식재료의 계열과 동물의 계열, 그리고 고유명사의 계열을 구분하고, 첫 번째 계열과 두 번째 계열 사이의 접속을 가능케 한 '사건'(변신)과 두 번째와 세 번째 계열 간의 '접속 사건'(명명)을 확인했다. 매이가 좀 더 컸다면 접속 사건에 작용한 감응affect(왜 소시지는 하필 장난꾸러기 원숭이로 변한 걸까? 소시지에서 받는 감응의 성격이 왜 장난꾸러기 원숭이일까?)과 의미(왜 닭으로 변한 파의 이름이 '파닥'일까? 왜 무와 버섯이 합체된 하마의 이름이 '두리'일까?)에 대해서도 물어볼 텐데. 모를 것 같아 묻지 않았다. 훗날 매이가 들뢰즈의 《의미의 논리》를 읽을 기회가 있으면 '옛날에 본 〈냉장고 나라 코코몽〉을 기억해보라'고 말해 주고 싶다.

자기가 즐기고 있는 만화를 옆에서 요상한 개념으로 분석해대는 아빠가 짜증 났나 보다. 매이가 "조용히 해. 시끄럽잖아. 아빠, 쉬" 하며 내 입술에 자기 손가락을 들이댄다. "매이야, 이제 지겹다. 다른 거 보자. 인어공주 볼래?" "응. 매이, 인어공주 좋아해." 그동안 디즈니사에서 만든 맥 빠진 〈인어공주〉 시리즈물만 보았는데, 지난주 안데르센 원작에 충실한 진짜 〈인어공주〉 만화를 발견한 다음부터는 꼭 그것을 찾아 본다.

사랑의 비밀, 특히 이제 막 성에 눈뜬 청소년의 사랑을 이만큼 진실하게 표현한 문학작품이 또 있을까? 인어공주가 지느러미 대신 가랑이가 찢어진 인간의 다리를 갖게 된다는 것은 비로소 '여자의 성기'를 갖게 된다는 것일 게다. 그것도 두 다리를 얻는 대가로 말(로고스)을 버리고, 그로 인해 왕자에게 자신의 사랑을 말할 수 없게 되었다니! 예전에는 인간의 발로 땅을 디딜 때마다 찢어질 듯한 고통을 느낀다는 게 무슨 의미인지 모르면서도 강한 인상을 받았는데, 이제는 알 것 같다. 매이도 조금(?) 지나면 알게 될 여성의 실존적 아픔을.

"네 사랑이 이루어지지 않고 왕자가 다른 여자와 결혼하면 너의 심장은 갈기갈기 찢겨 물거품이 되고 말 것이다"라는 바다마녀의 예언은 또 얼마나 적실한지. 첫사랑에 목숨을 거는 무모한 용기, 말도 못하고 바라보기만 하는 안타까움, 사랑하는 이에겐 끝내 알려지지 못한 채 희생된 사랑의 절대적 고독. 매이 역시 겪어야 할 사랑의 고통을 정수로 뽑아낸 〈인어공주〉를 보며 나와 아내는 안데르센의 광기 어린 문학적 진실에 대해 이야기를 나눴다. 그러거나 말거나, 인어공주가

물거품이 되어 사라져 갈 즈음,.매이는 이미 깊은 꿈나라로 빠지고 있었다.

아내는 인어공주의 열여섯 살 생일에 할머니가 머리를 빗겨주며 한 대사, "성장이란 때로 고통스럽지만 반드시 배울 점이 있단다. 하지만 서두르지 마라, 애야. 우리 인어는 삼백 년을 살잖니?"를 나지막이 되뇌더니 "아… 미친년! 사랑을 통해 교훈을 얻으랬지, 누가 죽으래? 우리 매이도 저러면 안 되는데, 인어공주를 반면교사로 삼아, 절대 저러지 못하게 가르쳐야지" 중얼거리며 매이를 침대에 눕혔다.

이튿날 집에 들어오니 욕조에서 아내가 매이에게 큰 소리로 노래를 불러준다. "화창한 봄날에 코끼리 아저씨가 가랑잎 타고서 태평양 건너갈 적에 고래 아가씨 코끼리 아저씨 보고 첫눈에 반해 쓰리살짝 윙크 했대요. 당신은 육지 멋쟁이, 나는 바다 이쁜이, 천생연분 결혼합시다. 어머 어머 어머 어머. 예식장은 용궁 예식장, 주례는 문어 박사, 피아노는 오징어, 예물은 조개껍데기."

그러고는 "매이야, 결혼은 이렇게 하는 거야. 혼자 몸뚱이로 지나가던 남자를 꼬여서 내 판에 데려와 내 식대로 하는 거야. 육지의 왕자를 사랑해서 네가 그 판에 가는 게 아니고"란다. 어릴 때 듣고 비유의 아귀가 딱딱 맞아떨어진다며 좋아했던 노래에 그렇게 깊은 뜻이 숨어 있을 줄이야, 놀라워하고 있는데 "그래야 행복해져. 엄마처럼. 알았지?" 하는 게 아닌가? 내가 지나가다 코 꿴 코끼리였다니!

이어지는 더욱 놀라운 가르침. "그리고 인어공주처럼 부모 몰래 빚

내서 성형수술 한다고 왕자가 널 좋아하지 않는단다. 왕자는 자연 미인과 결혼하고, 인어공주는 성형 부작용과 빚 독촉에 시달리다가 우울증에 걸려 자살했대요." 허! 얻은 것은 이데올로기요, 잃은 것은 문학이로다.

8

어린이날 무지개 축제

"매이야!" "매이야, 아빠 오셨네!" "아빠~." 어린이집에서 매이를
데려올 때마다 반복되는 대사다. 그런데 어버이날을 하루 앞둔 지난
금요일에는 매이의 대사에 다분히 작위적인 한마디가 추가되었다.
"아빠~ 따랑해요." 그리고 손에는 뭔가가 들려 있었다. 종이컵으로
만든 카네이션이었다. '아빠 사랑해요'라고 말하면서 목에 걸어주라
고 선생님이 시켰나 보다. 핀으로 꽂는 게 어려워 목에 걸게 만든 종이
꽃을 높이 치켜든 매이 앞에서 나는 잠시 멈칫했다. 매이 혼자 만든 것
은 아니지만, 매이의 손가락 도장이 꾹꾹 찍힌 카네이션을 받아든 나
는 영 어색하고 실감이 나지 않았다. 늙은 내 부모의 자리에 앉은 느낌

이랄까, 자식의 역할과 부담을 매이에게 넘겨준 것 같기도 하고, 부모와 자식의 역할 부여식 같은 그 의례가 왠지 부담스러웠다.

아내는 엄청 좋아하며 "자기도 내일 아침에 걸고 나가서 동네방네 자랑해. 빛나는 졸업장 아니야? 3년간 딴 일에 이만큼 시간을 쏟았으면 학위든 제대증이든 뭐든 탔을 거 아냐? 특히 아기가 어린 부모 앞에서 막 약 올려"라고 했다. 하지만 나는 어색함을 털어낼 수 없었고, 물론 카네이션은 목에 걸지 않았다. 아내는 매이를 친정에 데려가 할아버지 할머니에게 목걸이를 거는 퍼포먼스를 시킨 모양이다.

어쨌든 나는 올해 '어버이' 인증을 확실히 받았고, 매이는 '아기'가 아닌 '어린이'가 되었다. 작년까지만 해도 어린이날은 그저 어린이집 휴무로 하는 수 없이 매이를 돌봐야 하는 '달갑지 않은 공휴일'에 불과했지만, 올해는 해당 '어린이'가 생긴 까닭에 '어린이날 행사'를 염두에 두어야 했다. 게다가 아내의 원고 일정이 밀려 있어서 나 혼자 행사를 치를 생각을 하니, 걱정이 앞섰다. 며칠 전부터 린이 아빠, 유나 아빠(고추장)와 상의했지만 뾰족한 수가 없었다. 일전에 이희경 선생이 용인에 있는 이우학교가 주관하는 어린이날 마을 축제에 매이를 데려오라고 했지만 에버랜드가 있는 용인 길이 엄청 막힐 것을 예상하니 좀처럼 엄두가 나지 않았다.

그런데 하늘이 도왔나 보다. 5월 4일 오후, 우연히 연구실 3층 '나눔의 집'을 운영하는 신부님을 만났다. 혹시 나눔의 집에서는 어린이날 행사가 없느냐고 물었더니, 한강공원에서 이주민 자녀와 함께하는 어린이날 '무지개 축제'가 있다고 했다. 매이랑 유나도 낄 수 없느냐 했더니 흔쾌히 괜찮다고 하셨다. 버스까지 대절했다니, 완벽했다.

나눔의 집에서는 결혼이주 가정, 이주노동자 가정, 한국의 저소득 계층 가정의 아이들을 위한 방과 후 공부방을 운영하고 있다. 워낙 밝고 활달한 아이들이라 평소에도 인사를 나누곤 했다. 특히, 공부방 아이들의 대장 노릇을 하는 고운이와는 절친 사이다. 나만 친한 줄 알았는데 다른 연구실 식구들과도 친하고, 이 동네에서 고운이 모르면 간첩 소리를 들을 정도로 발이 넓고 씩씩한 열두 살 여자아이다.

나눔의 집 아이들이 왜 그렇게 활달하나 했는데 공부방 선생님을 만나 보니 알겠다. 그분은 버스에서 단 5분 만에 매이와 유나, 그리고 고추장과 나를 매료시켰다. 마치 연극배우처럼 천변만화하는 표정과 유쾌한 말투, 영어와 한국어를 자유자재로 넘나들며 재미나게 행사 일정을 소개하는 모습에 우리 모두는 넋이 나가버렸다. 행사 프로그램은 단순하면서도 사려 깊었다. 엄마 아빠의 참여를 이끈답시고 중산층 정상 가족의 이데올로기를 다지는 프로그램 대신, 자원봉사 활동가들과 아이들을 짝짓고 여러 개의 놀이부스를 돌아다니며 자유롭게 놀게 했다.

불법 이주노동자들의 의료 지원을 해온 한국이주민건강협회가 주관해온 '이주민 자녀와 함께하는 어린이날 무지개 축제'는 해를 거듭할수록 참가자 수가 늘어나 올해는 자원봉사자까지 합쳐 천여 명이 함께했다. 재작년까지만 하더라도 정부에서도 지원했는데, 작년에는 반정부집회 참가단체가 많다는 이유로 지원금을 끊었다. 부자 정권의 사람들은 돈이 곧 권력이고, 돈줄을 끊으면 무조건 자신에게 복종하리라 생각했나 보다. 자신들이 그런 삶을 살아왔으니 남도 그럴 것이라 여기는지도 모른다. 다른 시민단체들처럼 갑자기 정부지원금이 끊겨 급히 후원사를 구하느라 작년에는 강원카지노랜드의 후원으로 행사를 치렀다고 한다. 강원카지노랜드 입장에선 카지노사업의 '인간적인' 면모를 홍보할 기회라 여겼을 법하다. 덕분에 작년 행사에 참여한 아이들은 가슴에 '강원카지노랜드'라는 글자가 박힌 티셔츠를 입고 게임을 즐겼다고 한다.

원래, 어린이날은 5월 1일 '메이데이'(노동절)와 같은 날이었다. 1923년 동경에서 색동회를 조직한 소파 방정환이 5월 1일에 어린이날 행사를 치르도록 서울에 연락하여, 조선소년운동협회 주최로 제1회 어린이날 행사가 치러진 것이 시발점이다. 동경에서 아동심리와 아동문학을 전공한 소파는 동학을 계승한 천도교의 어린이 존중 사상에 따라, 그리고 노동 해방의 인터내셔널리즘에 감화를 받아, 만국의 어린이를 빈곤과 노동, (부모의) 억압과 착취로부터 해방시키자는 취지로 어린이날을 제정했다. 그런 취지로 보면 국적법과 민족주의에 의해 치외법권의 삶을 살아가고 있는 불법 이주노동자 자녀들과 함께하는 축제야말로 어린이날의 취지에 걸맞은 행사라 할 것이다.
여러 가지 놀이와 넓은 잔디밭, 다양한 피부색과 연령의 언니 오빠들 사이에서 매이와 유나는 물 만난 고기처럼 뛰어놀았다. 그러는 동안 나는 시원한 그늘에서 이국의 엄마들과 수다를 떨며 쉴 수 있었다. 연구실 4층 카페에서 싸간 쿠키를 내놓으니, 모두 맛있다고 했다. "그런데 왜 엄마는 안 오고 아빠들만 왔냐?"는 필리핀 결혼이주여성의 질문에 나는 "아기엄마는 집에서 쉬고 있다"고 대답했다. 은근히 한국 가정의 가부장적 이미지를 깨주고 싶어, 약간 신기해하는 그 이주여성에게 나는 나의 가사 노동 경력과 양육 체험을 슬쩍 부풀려 이야기

했다. 그 이주여성이 자신의 한국인 남편에 대한 생각을 조금 바꾸길
기대하면서. 마초 한국 남성 입장에서 보면 난 역적인가? 콜!

b

> "
> 매이의 연기에서는 사랑과 죽음, 기쁨과 슬픔 모두
> 가벼운 웃음거리가 된다. 그 유치함 속에서 매이는
> 인간사의 본질을 깨달아가고 있다.
> "

1

격정 모녀!

"매이야, 목욕하자." 욕조에서 아내가 매이를 부른다. "이거 좀 더 보고요." 거실에서 만화를 보고 있는 매이가 대답한다. 한참 지난 후 아내가 다시 외친다. "매이, 빨리 오세요." 막대 아이스크림을 빨며 만화에 빠져든 매이는 "이거, 두 번만 더 보고요" 한다. 2회분 방송이 끝나자 내가 "자, 이제 두 번 봤으니까 목욕하자"라고 말한다. 매이가 목욕하는 동안이 유일하게 뉴스나 드라마 같은 내 만화를 볼 수 있는 시간이다. "매이, 두 번만 보기로 했잖아. 자, 이제 엄마랑 목욕해." 그래도 매이는 TV 앞을 떠날 생각이 없는 모양이다. 내 주의를 돌리려고 "아빠, 흘렀어. 닦아줘" 하며 녹아내리는 막대 아이스크림을 내 쪽으로 내민다. "자기야, 매이 데리고 와." 아내가 재촉을 한다. 울컥 짜증이 난다. "매이! 이제 목욕하자. 목욕하고 코 자자." 급한 마음에 나는 매이를 달랑 안고 화장실로 데려가는 무리수를 두고 말았다.

요즘 매이는 자기 의사와 상관없이 내가 자기 몸을 들고 옮기는 것을 제일 싫어한다. 엉엉 울면서 내려달라고 소리친다. "아빠, 미워. 매이가, 매이 혼자 가려고 했는데!" 역시 무리수였다. 나는 협상에 실패해 완력을 쓰는 나쁜 권력자가 되고 말았다. "매이가 안 가니까 그렇지." 구차한 변명을 했다. "앙앙 매이 혼자 갈 수 있어. 저기서 혼자 갈 거야." 원칙이 중요하다. "알았어. 매이 혼자 가." 화장실에서 울고 있는 매이를 들어다 다시 거실 한가운데 옮겨놓았다. 잠깐 울더니 매이는 다시 만화를 본다. 나쁜 아빠의 약점까지 잡힌 나는 포기하고 드러누워 버렸다.

이 상황을 느긋하게 지켜보던 아내가 그만 애쓰고 자기에게 맡기란다. 내가 모르는 비장의 카드가 있나 보다. "매이 안 오면 엄마 나간다. 그럼 매이는 아빠랑 씻어야 돼!" 저게 무슨 전술이지? 그런데, 매이가 이상한 반응을 보인다. 뭔가 걷잡을 수 없는 파국이 닥친 듯 불안해하더니 급기야 발을 동동 구르며 "아빠, 어떻게 좀 해봐. 악, 엄마 나온대. 아빠, 엄마 나오기 전에 어떻게 좀 해봐. 제발, 어떻게 좀 해봐!"라며 울먹이는 게 아닌가? 나 참, 이게 무슨 오버인가? 엄마가 나오는 게 뭐 그렇게 하늘 무너질 일이라고, 엄마 젖 먹으면서 목욕할 기회를 놓치고 별 재미없는 아빠랑 목욕하는 게 뭐 그리 끔찍한 일이라고 저런 반응을 보이는가? 그리고 "어떻게 좀 해보라"는 난해한 표현은 도대체 어디서 배운 걸까?

아내도 좀 의아한가 보다. 나 없이 둘만 있을 때 "엄마 나간다. 혼자 씻어"라고 하면 다급한 마음에 욕조로 달려왔나 본데, 이번엔 아빠한테 "엄마 어떻게 좀 해보라"며 울며 애원까지 하는 것이 의외였는지 막 웃는다. "와, 엄마가 아빠랑 싸우고 집 나갈 때 애가 아빠한테 매달리는 장면 같지 않아? 애들 반응이 저런데 어떻게들 싸우고 집을 나갈꼬. 눈물겹다."

매이에게서 저런 격정 멜로풍의 대사를 들을 때마다 나는 당혹스럽다. 엄마하고 싸울 때 "엄마, 매이 좋아했잖아"라고 울부짖거나, 내가 화를 내며 공부방으로 들어갈 때 "아빠, 잘못했어요. 제발 용서해주세요"라고 하는 경우 그리고 엄마가 토라지거나 냉담할 때 "엄마, 미안해요. 용서해주세요"라며 눈물을 뚝뚝 흘리는 걸 보면 나는 가슴이 덜컥 내려앉는다. 매이 앞에서 부부 싸움을 한 적도, 매이를 오랫동안 떼어놓은 적도, 그 옛날 우리 부모처럼 "말 안 들으면 다리 밑의 거지 엄마한테 데려다준다"며 공갈을 친 적도 없었다. 남부럽지 않은 애착 관계를 형성하고 있다고 생각했는데 왜 저런 분리 불안과 공포를 표출하는 것일까? 어린이집에 너무 장기간 맡겨 부모 정이 고팠나? 그런 티 안 내고 재미나게 놀았는데?

곰곰이 헤아려보니 매이의 공포 반응은 아내와 닮았다. 아내는 겁이 많다. 공포영화는 물론이고 일반영화에서 사고 장면이 나올 때마다 반사적으로 비명을 지르며 온몸을 벌벌 떤다(그렇게 무서워하면서 그 많은 영화를 어찌 보는지?). 연애할 때 장난으로 몰래 다가가 "왁!" 하고 놀라게 한 적이 있는데, 거의 20분 동안 놀란 가슴 진정을 못하고 패닉 상태를 보여 민망해 죽을 뻔한 적도 있다. 일상생활에서도 곰팡이나 벌레를 발견하면 "으악" 비명을 지른다.

한번은 가스레인지 밸브가 완전히 안 잠겨 불꽃이 조금 남아 있는

것을 발견했는데, 일어날 수도 있었을 화재 장면을 상상하며 한참을 부들부들 떨었다. 상상력이 남달라서인지, 신경이 예민해서인지 영화 속 험악한 장면을 보는 날엔 집에 와서도 공포를 곱씹으며 진저리를 쳤다. 애를 낳고 난 후 매이와 정이 들수록 영화 속 유괴 사건이나 유아 폭력에 대한 반응은 거의 신경증 수준이다. 그래서 르포 프로그램이나 뉴스에서 소아 질병과 소아 폭력 관련 보도가 나오면 곧바로 채널을 돌려버린다. 그런 끔찍한 일이 매이에게 일어날지도 모른다는 상상만으로도 정신 줄을 놓친다.

"아유, 예뻐. 매이, 사랑해! 이렇게 사랑하는데, 만약 매이가 없어지면 엄마 어떡해? 아유, 무서워" 하며 매이를 으스러질 듯 껴안는 아내를 보며 나는 한숨을 내쉰다. 사실 분리 불안은 매이보다 아내가 더 심각하다. 매이가 학교에서 캠프 떠나거나 더 커서 기숙학교에라도 입학하면, 유학이나 시집이라도 가면, 관계가 틀어져 정을 끊고 살거나 만에 하나 사고로 죽기라도 하면, 아내의 삶도 무너져버리는 게 아닐까? 관계가 깊을수록 상실과 분리의 공포도 깊어진다. 격정 모녀의 앞날이 걱정이다.

2

텃밭 농사, 자식 농사

작년에 이어 올해도 연구실 뒤꼍에 텃밭 농사를 짓고 있다. 어디 그런 생명이 숨어 있었던 건지, 딱딱한 씨앗을 땅에 묻고 물을 주었더니 사나흘 만에 땅바닥을 가르고 싹이 움트는 게 참으로 신기했다. 비가 온 이튿날이면 눈에 띄게 자라 있는 것도 놀랍고, 어느새 솎아낼 만큼 무성해지고 열매를 맺는 것도 기특했다.

자식이든 작물이든 혹은 국민이든 '기르는 일'에는 공통점이 많다. 농작물의 영양분을 빨아먹거나 성장을 방해할까 봐 보이는 족족 잡초를 뽑았는데, 푸코가 근대 인종주의를 생명 권력(우생학)의 탄생과 함께 조망하며 자국민을 우량하게 기르기 위해 방해가 되는 종들을 가차 없이 제거하는 파시즘이야말로 생명을 기르는 통치술이라고 했던 기억이 퍼뜩 났다. 작물을 튼튼하게 기르기 위해 진딧물을 손가락으로 비벼 죽이는 데 아무런 거리낌이 없는 내 모습에서 파시스트의 그림자를 본 후 잡초와 벌레에 무심하려고 애썼다.

작년에 한 번 지어봐서 올해는 더 능숙해진 것 같다. 열무씨앗을 뿌린 후 비닐을 덮어주었더니 비둘기도 못 먹고 습도도 유지하고 온도도 적당해 90% 이상이 발아에 성공했다. 그렇지 않았다면 60% 정도밖에 안 되었을 것이다. 그리고 빨리 자랐다. 열무김치를 담가 먹은 후 그 자리에 또 열무씨앗을 뿌리고 비닐을 덮었다. 그런데 성공은 실패의 어머니였다. 이미 날씨가 더워진 데다 비닐까지 씌웠으니, 열무 싹은 트자마자 90% 이상이 타 죽어버렸다. 비둘기가 무서워서, 또 생산성을 높이자고 씌웠던 비닐이 여린 싹에게는 견디기 힘든 열기를 뿜어낸 것이다.

매이에게도 이렇게 하지 않았나 돌아보게 된다. 엄마 아빠 둘 다 키가 작으므로 매이도 그럴까 꽤 걱정했다. 갓난아기 때는 거의 달마다 의학서적에 적힌 개월별 평균 신장·체중과 비교했고 이유식을 뗀 다음에는 매이 좋아한다는 핑계로, 또 성장기에는 단백질이 필요하다는 이유로, 무엇보다 '귀차니즘'의 발로로 저녁에는 밥 대신 호주산 쇠고기를 구워 먹인다. 국산은 비싸고, 미국산은 무서우니까. 그리고 또래 아이들만 보면 몇 개월이냐고 물어보며 속으로 매이의 키와 비교하곤 한다. 어쩌다 매이보다 개월 수는 많은데 키가 작은 아이를 만나는 날

이면 나와 아내는 몇 번이고 그 이야기를 반복하며 쾌재를 부른다.

매이의 키가 평균치를 상회하는 데에는 웃지 못할 이유가 있다. 신생아 때 젖이 잘 나오지 않아 분유를 함께 먹였는데, 산후조리원에서 먹인 것과 다른 회사 제품은 숟가락 용량이 다르다는 걸 몰랐다. 깨알같은 글씨로 쓴 사용설명서는 보지도 않고, 으레 표준화되어 있으려니 생각하고 산후조리원에서 일러준 대로 두 스푼씩 타 먹였는데, 알고 보니 우리가 먹인 분유회사의 숟가락 크기는 산후조리원에서 먹인 것보다 두 배나 컸던 것이다. 두 달이 지나서야 지금까지 두 배로 진한 분유를 매이에게 먹이고 있었다는 걸 깨달았다. 아내는 친구인 소아과 의사에게 전화해 문제가 없을까 물었다. 간혹 이런 경우가 있는데, 고농도 분유를 계속 먹이면 탈수가 일어나 뇌와 신장에 무리가 가서 위험할 수 있다고 했다. 다행히 매이는 분유만 먹은 것이 아니라 젖도 같이 먹었으니 희석되었을 것이고, 기간이 아주 길지는 않아 큰 문제는 없었을 것이라는 답을 듣고서 겨우 마음을 놓았다.

그런데 이 어처구니없는 실수는 매이에게 좋게 작용한 면이 있었다. 고농도 분유를 먹은 탓에 목이 마른 매이가 젖을 죽자고 빨아대어 처음엔 잘 안 나오던 모유가 한 달쯤 지나자 잘 나왔다. 자연히 분유를 먹는 양은 줄었다. 혼합 수유를 했던 아기는 대개 젖이 말라 주로 분유만 먹게 된다고 하는데, 매이는 아주 드물게 완전 모유 수유를 하게 된 것이다. 그리고 예방주사를 맞으러 간 보건소에서 신장을 재었는데, 태어날 때 평균보다 작았던 매이가 고농도 분유를 먹는 동안 빠르게 성장해, 성장 그래프의 변화 폭이 현저하게 넓어졌다. 지금까지 매이는 그때의 성장률(그때는 상위 1%였다)을 야금야금 깎아 먹으며 간신히 평균치를 유지하고 있다. 단기 속성 성장요법을 실수로 쓴 셈이다.

우리 부부의 '정상 신장'에 대한 열망은 여전히 높은 편이지만, '타자에 대한 공포'는 '배운' 탓인지 그리 크지 않다. 오히려 매이가 주류에 대한 욕망으로 소수자에 대한 공포에 사로잡히지 않을까 걱정이다. 얼마 전 TV에서 필리핀인 엄마를 둔 초등학교 3학년 여자아이의 생활을 다룬 다큐멘터리를 보았다. 다른 한국 아이는 안 놀아주는지, 중국 조선족 엄마를 둔 친구하고만 노는데 '순혈' 한국인 남자아이들이 다가와 "Where are you from? 너 흑인이지? 필리핀으로 가" 하며 떠미는 것이었다. 아내와 나는 경악했다. 저 남자아이들은 도대체 무슨 결핍감 때문에 저토록 혼혈에 대한 공포에 사로잡힌 걸까? 저 아이의 부모는 어떤 사람들이며, 무슨 생각을 자식들에게 자랑스럽게 전수한 것일까? 매이는 설마하니 저러지는 않겠지, 가슴을 쓸어내렸다.

타자에 대한 공포는 민족주의에만 있는 것이 아니다. 자신의 영역을 침범하지 않는 한 타인의 문화와 권리와 취향을 침해해선 안 된다는 다문화주의에도 있다. 얼마 전 새로 발견한 동네 놀이터에서 매이와 함께 모래 장난을 하고 있는데 한 남자아이가 거칠게 다가와 매이의 장난감을 만졌다. 그러자 한눈에 봐도 꽤 세련된 아이엄마가 화들짝 놀라 "방해해서 죄송하다"며 자기 아이의 손을 끌고 데려갔다. '그럴 것까지 뭐 있나? 같이 놀면 되지.' 오히려 나와 매이가 머쓱해졌다. 요즘 젊은 부모 중에는 이런 사람들이 꽤 있다. 타인의 영역을 침범하지 말아야 한다는 조심성, 타인의 향락을 방해해선 안 된다는 '정치적으로 올바른' 감수성. 그러나 그 이면에는 나의 사적 소유인 몸과 나의 사적 소유인 향락에 대한 자본주의적 소유 감각이 도사리고 있는 게 아닐까?

그런 생각을 하고 있는데, 매이 또래의 또 다른 남자아이가 다가와 매이가 갖고 놀던 장난감트럭을 빼앗았다. 매이가 "왜 그래? 매이 거야" 해도, 같은 나이라도 여자아이에 비해 언어 구사력이나 사교성이 덜 발달한 남자아이들이 으레 그렇듯 녀석은 아무 말도 않고 장난감

을 뺏어 논다. 그러고는 진득이 노는 게 아니라 이내 팽개친다. 또 매이한테 와서는 장난감삽을 빼앗아 한두 번 모래를 파헤치더니 집어던진다. 방금 전 일도 있고 해서 나는 그 아이한테 "응, 너도 모래 장난하고 싶구나. 같이하자"라고 했다. 하지만 남자아이는 무뚝뚝한 표정을 지으며 어슬렁거리다가 매이가 들고 있던 게 모양의 플라스틱 용기를 뺏고는, 그 안에 담긴 모래를 매이 머리에 쏟아 부었다. 그동안 잘 참던 매이도 결국 울음을 터뜨렸다.

나는 순간 당황했지만 짐짓 아무렇지도 않게 "친구한테 그러면 안 되지" 하며 천천히 매이의 머리를 털어주었다. 그러거나 말거나 녀석은 주변을 어슬렁거리며 매이의 놀이를 방해할 궁리만 했다. 나는 가방에 싸온 과자를 꺼내 매이에게 하나 주고 그 아이에게도 "먹을래?" 하며 건넸다. 마치 사나운 개 어르듯이. 남자아이는 조심스럽게 다가와 받아먹었다. 나는 매이에게 한 번, 그 아이에게 한 번, 이렇게 번갈아가며 입에 넣어주었다. 그러자 녀석과 매이는 제비 새끼처럼 입을 쫙쫙 벌리며 내가 넣어주는 과자를 차례로 먹었다. 나는 마치 야생마라도 길들인 양 기분이 좋아서 그 남자아이와 치기 장난을 하며 놀았다.

'구더기 무서워 장 못 담근다'라고 타자의 영역을 침해할까 두려워 타자와 더불어 사는 것을 피해서야 안 될 일이다. 더불어 살려면 엉켜야 하고 엉키다 보면 폭력이 발생하기도 한다. 폭력 자체를 두려워할 것이 아니라 폭력을 공통 '관계'의 힘으로 바꾸는 지혜와 인내가 필요하다. 그날 매이와 남자아이는 깜깜해질 때까지 오손도손, 아웅다웅, 티격태격 엉겨 놀았다. 각자 부모의 손에 이끌려 헤어질 때 매이는 "안녕, 내일 또 만나" 했고, 남자아이는 엉엉 울며 집에 안 가겠다고 버텼다. 거친 것 같아도 가만히 보면 남자아이도 귀엽다.

3

오이디푸스콤플렉스?

"예쁜 구두 신을 거야. 매이는 여자니까." "아빠, 개똥 좀 치워! 아빠는 남자잖아." 요즘 매이의 말 속에 부쩍 남자와 여자가 따라붙는다. 과연 매이는 남자와 여자를 어떻게 구별할까? "매이는 남자예요, 여자예요?" "여자." "왜?" "예쁘니까." 응? "그럼, 엄마는?" "엄마도 예쁘니까, 여자." 안 예쁜 여자도 있다는 말이 목까지 치밀었지만 참고, "그럼, 아빠는?" "응, 남자." "왜?" 뭐라고 대답할지 기대됐다. 잠시 생각하다가 매이는 "응, 멋지니까" 한다. "고마워, 그럼, 최문기는?" "최문기도 멋지니까 남자야." 매이에게 예쁘다와 멋지다는 미적 범주가 아니라 성적인 범주였다.

좀 더 시험해보려고 "그럼 몽이는? 몽이는 남자야, 여자야?"라고 물었다. "응, 남자." "멋지니까? 그럼, 하늬는?" "하늬는 예쁘니까 여자." 이번엔 동화책을 펼쳤다. 중세유럽 여러 연령층 남녀들이 각양각색 표정과 복장을 하고 등장하는 그림이 있었다. "이 사람은?" "남자, 멋지잖아." "이 사람은?" "여자." 매이는 익숙하지 않은 인종의 괴상한 얼굴에서도 남성적(멋진) 감응과 여성적(예쁜) 감응을 분별해냈다.

마침, TV에서 〈방귀대장 뿡뿡이〉를 하고 있었다. 뿡뿡이는 남자일까? 여자일까? 아내 말에 의하면 뿡뿡이는 처음 나왔을 때는 중성이었지만, 중간에 (분홍색에 꽃을 꽂고 목소리가 더 가는) 뿡순이가 합류하면서부터 남성이 되었다고 한다. 어쨌든 뿡뿡이는 어려우니까 그 전에 쉬운 것부터 물었다. "매이야, 뽀로로는 남자야 여자야?" "남자." "그럼 패티는?" "여자." "그럼 에디는?" "남자." "그럼 루피는?" "여자." 다 맞췄다. "그럼, 매이야, 뿡뿡이는 남자야, 여자야?" 아내와 나는 매이를 뚫어지게 바라보며 대답을 기다렸다. "짜잔형 나왔다. 멋지지?" 대답하기 곤란하면 매이는 딴청을 피운다. 정말 궁금해서 "응, 짜잔형은 남자야. 그럼 뿡뿡이는?" 하고 다그쳤다. "응, 몰라." 역시 어렵다.

하늘은 남성일까, 여성일까? 땅은? 의자는? 곰돌이인형은? 남성과 여성을 돌출된 성기의 유무가 아니라 그 형태에서 느껴지는 리듬과 정서로 구별하는 매이는 그것들의 성을 어떻게 인식할까 궁금했지만 그만두기로 했다. 음양오행의 지혜도, 기독교적 우주관도 내면화되어 있지 않은 우리에게 만물의 성을 구분하는 일이 무슨 의미가 있나 싶었다. 하긴, 왜 꼭 만물을 남성과 여성으로 구분해야만 하나? 들뢰즈는 n개의 성이 있다고 했는데.

프로이트는 네 살배기 한스에게 성은 물줄기를 내뿜는 돌출된 기관의 있고 없음으로 나눠진다고 했다. 그래서 꼬마 한스에게는 마차를 끄는 수말과 마찬가지로 중기기관차도 남성이다. 거대한 덩치에 (아버지를 향한 무의식적 증오로) 벌렁 넘어지기도 하며, 물이 나오는 돌출부를 가진 것이 꼬마 한스에게 남성(아버지)의 감응을 주는 것이다. 매이에게 나(아버지)는 번쩍 들어 안아주고 엄마가 시키는 대로 청소하고 개똥 치우고 먹을 걸 만들어주는 존재이지만, 남근을 가진 존재로 감응되지는 않는다. 나의 벗은 몸을 몇 번 보기도 했지만 자기나 엄마의 생식기와 비교하면서 나의 생식기에 관심을 보이지도 않고, 자신의 성기를 만지작거리며 "똥꼬에 뭐가 들어갔어. 간지러워"라고 하긴 하지만 아직 리비도적인 흥미는 못 느끼는 눈치다. 아직까지 매이에게 성은 프로이트 말처럼 남근의 유무로 나눠지는 것이 아니라 전체적인 인상의 거침(멋지다)과 부드러움(예쁘다)으로 나뉜다.

프로이트 말대로라면 매이는 이제 오이디푸스콤플렉스를 가질 나이다. 똥 대신 생식기에 대한 관심이 커지고, 여자아이의 경우 자신의 남근 결핍을 깨닫고, 아빠와 결혼하여 '아기'를 낳고 싶다는 욕망을 갖게 된다는 얘기다. 그래서인가? 요즘 매이는 아기놀이에 빠져 있다. 자그마한 강아지인형을 안고는 엄마가 매이에게 했던 것처럼 어르고 야단치고 재운다. TV를 보며 누워 있는 나와 아내 사이에 강아지인형을 갖다 놓고, 아내 한 손 내 한 손 아기 팔을 잡게 하고는 넘어지지 않게 잘 보라고 한다. 그러고는 일어나 '아빠 다리'를 하고 그 위에 '아기'를 눕히고 자장자장 재운다.

동생에 대한 질투도 오이디푸스콤플렉스의 한 요소라 했다. 그래서인가, 연구실에서 생후 6개월 된 '새미'를 봤을 때 매이가 싸늘한 질시의 시선을 보내는 게 아닌가? 어른들이 갓난아기에게 관심을 집중하는 데 본능적인 위기감과 질투를 느끼는 듯했다. 어제는 천둥소리를 유난히 무서워하는 몽이가 벌벌 떠는 것을 아내가 안고 쓰다듬었더니, 매이가 "매이도, 매이도" 하면서 엄마 손을 붙잡는다. 그러고는 "매이만, 매이만" 한다. 내가 "매이야, 엄마가 몽이 예뻐하는 게 싫어?" 하고 물었더니 주저 없이 "응" 한다. "왜, 몽이가 천둥소리를 무서워해서 위로해주는 거잖아. 매이도 몽이 좋아하잖아" 했더니 "싫어" 한다. 요즘 매이는 아내가 몽이나 하늬를 안고 있으면 기어이 그 사이로 비집고 들어가 엄마로부터 떼어내려 한다. 아내가 "그러면 욕심쟁이야"라고 나무라자 매이는 눈을 흘겨 뜨며 식식댄다. 아내가 무시하자 시무룩하게 구석에 쪼그려 앉는다. 한참 그러고 있다가 "엄마, 미안해, 잘못했어요"라며 동정심을 유발한다. 착한 아이가 되어야 엄마한테 버림받지 않고 자기 자리를 뺏기지 않을 거라고 생각하나 보다.

매이는 결혼에도 관심이 많다. 아내랑 버스를 타고 가다 원빈과 신민아가 키스하는 광고판을 보며 큰 소리로, "와, 둘이 뽀뽀하네, 사랑하는 거야? 사랑? 그럼 둘이 결혼해?"라고 소리쳐 다른 승객들의 헛웃음을 자아냈다고 한다. 단지 왕자와 공주가 뽀뽀하는 것으로 끝나는 그림책에 영향을 받았으려니 생각했는데, 결혼에 대한 관심이 꽤 구체적이다. 목욕을 하고 나온 엄마에게 수건으로 면사포나 드레스를 만들어 "이렇게 해야 아빠가 좋아하지, 아빠랑 결혼해야 되잖아" 하며 웨딩컨설턴트처럼 말하는가 하면, 거실에 누워 TV를 보는 아내에게 "엄마, 아빠랑 결혼해" 하고 뚜쟁이처럼 이야기한다. "응, 벌써 했는데?" 하고 심드렁하게 답해도 매이는 계속 요상한 미소를 띠며 결혼을 집요하게 종용한다. "왜?" 그랬더니, "응, 엄마, 아빠 좋아하잖아. 좋아하면 결혼하는 거야" 대답한다. 나는 "꼭 그런 것만은 아니야"라고 말하면서 아내를 슬쩍 봤다. 아내는 뭔가 깊은 생각에 빠진 듯하더니, "매이야, 한 번 했으니까 이번엔 다른 사람이랑 하면 안 될까?" 하고 작게 웅얼거리는 게 아닌가. 헉!

나는 관심도 돌릴 겸, 오이디푸스콤플렉스도 떠볼 겸 "매이야, 결혼하는 게 뭐야? 아기 낳는 거?" 하고 물었다. 매이는 "아니, 아기는 아니고, 좋아하는 거. 매이는 공주니까 최문기 왕자님하고 결혼할 거야" 한다. 프로이트가 말한 남근 선망이나 아버지와의 결혼 욕망은 매이에게서 발견하지 못했다. 오이디푸스콤플렉스 생각은 그만두고 매이가 결혼하는 장면을 상상하며, 아내에게 좀 더 잘해야겠다고 생각했다.

4

닮은꼴의 욕망:
매이는 따라쟁이

　어린이집에서 연장 운영 참가신청서를 보내왔다. 이번에 '서울형 어린이집'으로 인가받으면서 서울시의 연장 운영 지침을 따라야 하는데, 3명 이상 신청하면 밤 10시까지 아이를 봐준다는 것이다. 물론 공짜가 아니라 매달 12만 원을 추가로 내야 한다. 예전 같으면 만세를 부르며 신청했을 터이다. 매이가 어린이집에 잘 적응한다는 이유로 가장 늦게(저녁 7시 30분) 찾아오고 토요일에도 오후 3시까지 홀로 있는 매이를 데려오는 데 아무 죄책감도 없는 우리 부부에게는 단비 같은 소식이었으리라.

　일주일에 번갈아가며 저녁에 아이를 보는 것이 뭐 그리 힘드냐고 하겠지만, 아내나 나나 저녁에 일정이 있을 때가 많고 또 각자 원고 마감이 임박하면 혼자 매이를 보는 그 사흘의 저녁 시간도 아쉽기 그지없다. 내년에 보낼 어린이집을 알아볼 때도 일차적인 기준은 몇 시까지 맡길 수 있느냐, 토요일에도 운영하느냐 등이었다. 둘 다 정규직도 아니면서 바쁜 척은 다한다, 아이와 함께 있는 시간보다 자기네 공부하고 글 쓰는 시간을 더 소중히 여기는 이기적인 부모다, 욕할 수도 있지만 원래 비정규직이 더 바쁘기 마련이며 위대한 이기주의야말로 상생의 지름길이라고 믿기에 그리해왔다.

그런데 막상 '아기다리고기다리던' 연장 운영 소식을 접하자 망설여졌다. 무엇보다 매이에 대한 미안함이 밀려왔다. 아무리 선생님 좋고 친구들 좋기로서니 아침 8시부터 밤 10시까지 '시설'에서 '단체생활'을 해야 한다면 무척 피곤할 터. 혼자 멍 때리는 시간도 필요할 테고, 엄마 아빠 품에서 놀거나 장난치거나 만화도 실컷 보고 싶을 텐데, 집에 오자마자 씻고 자야 하다니 내가 매이라도 싫을 것 같았다. 아무리 바쁘기로서니 야근이 불가피한 정규직도 아니고 평소 시간만 잘 활용하면 죽을 만큼 바쁠 일도 없는 사람들이 괜히 애만 힘들게 하는 것 아닌가 하는 생각이 들었다. 2시간 30분 연장 돌봄에 12만 원이라는 추가비용도 종일 돌봄 28만원에 비하면 싼 편도 아니고.

무엇보다 매이 돌보기가 예전만큼 힘들지 않다. 집에 있으면 혼자 TV 보는 시간이 많고 때때로 책 읽어주거나 한두 번 장난쳐주면 된다. 그리고 일주일에 사흘 정도 일찍 집에 퍼질러 누워 뒹굴뒹굴하는 것은 내 건강에도 좋다. 또 연구실에 데려오면 유나와 같이 놀게 하고 나는 책 읽으면 된다. 머릿속에서 5차 함수를 계산한 끝에 "됐다 그래. 그건 너무한 거 같다. 그냥 지금처럼 우리가 보자"고 결정했다. 아내도 같은 의견이라고 했다.

특히 2주 전부터 유나가 저녁에 연구실에 오는 날과 내가 매이를 보는 날이 같아 함께 놀게 했더니, 기대 이상으로 횡재한 것처럼 둘만의 시간을 갖는다. 오히려 집에 안 가려고 해서 문제다. 그동안 나는 책을 보거나 글을 쓰거나 한다. 전에는 둘 다 어려 잠깐은 잘 노는데 얼마 안 있어 꼭 싸웠다. 노는 방법도 잘 모르고, 그래서 물건 가지고 놀다 서로 자기 것이라면서 다퉜다. 어린아이들이 물건 가지고 다투는 것에 대해 곰곰이 생각해본 적이 있다. 처음에는 소유욕 때문인 줄 알았다. 소유욕은 선천적인 것인가? 아니면 어른들의 몸에 밴 소유 관념을 부지불식간에 학습한 것인가?

그러나 찬찬히 생각해보니 소유욕 때문이 아니라 '닮은꼴의 욕망' 때문이었다. 라캉이 '거울 국면'이라고 불렀던 상상적 동일시 속에서 아이들은 자신의 거울상에 해당하는 다른 아이가 (자기가 때려서) 울면 자기도 따라 운다. 마찬가지로 자신의 거울상인 다른 아이가 어떤 물건(정말 사소한 것들, 숟가락이나 종이 쪼가리, 혹은 어른의 일상용품)을 가지고 있으면 그 아이의 거울상인 자신도 똑같은 걸 가져야 하는 것이다. 자신의 거울상과 일치하기 위해 우물로 뛰어든 나르키소스처럼, 아이들은 거울상과 일치하려는 욕망 때문에 도리어 자신의 거울상을 깨버리는 것이다. 소유의 욕망 이전에 닮은꼴의 욕망, 동일시의 욕망이 먼저 있다.

유나나 매이는 이제 거울 단계를 지났다. 닮음의 욕망이 사라졌다는 게 아니라, 그것의 학습이 끝났으며, 그 욕망이 중심적인 욕망이 아니게 되었다는 것이다. 상징적 욕망을 체득하면서 매이는 규칙을 가지고 노는 다양한 방법을 개발했다. 닮음의 욕망은 매이를 '따라쟁이'로 만들어서 유나가 하는 행동과 말을 똑같이 따라 하면서 친밀한 관계를 형성하는 데 사용된다. 물건은 단지 닮은꼴의 요소가 아니라 연극적 상상력 속에서 기상천외한 소품으로 활용된다. 공부방 소파는 언덕으로, 베개는 신데렐라의 마차로, 연구실 복도는 광활한 들판으로, 상자는 신비한 동굴로 변했다. 유나와 매이는 2층과 4층을 오르내리며 세미나 간식을 약탈하는 해적이 되었다가 불 꺼진 방의 은둔자가 되었다가 어른들은 모르는 암호를 주고받으며 모략을 꾸미는 갱단이 되었다.

가끔씩 연구실에서 자취를 감춰 어디 갔나 하면 연구실 옆 작은 놀이터에서 놀다 들어오곤 했다. 해도 있고 아이들도 많으면 괜찮은데, 달이 뜨고 아이들도 적어지면 둘만 놀이터에 보내기가 걱정되어 나와 유나 엄마가 번갈아가며 놀이터에 함께 간다. 지난 월요일에는 내가 아이들의 초병이 되었다. 아이들은 미끄럼틀과 헬스기구를 타며 자기들끼리 놀고 있었고, 나는 가로등 불이 비치는 계단에 앉아 책을 읽고 있었다. 놀이터에 조용히 내려앉은 달빛, 애들처럼 왔다 갔다 하는 초

여름의 밤바람, 송사리처럼 뛰노는 유나와 매이의 움직임, 구석에 뭉쳐 있는 청소년들의 수군거림… 이 모든 상황이 소극장의 무대 장면 같았다. 나는 잠시 책을 덮고 객석의 관객이 되어 턱을 괴고 초여름 밤의 야외극장을 관람했다.

유나보다 한 살 정도 많아 보이는 남자아이 둘의 출현으로 무대는 삽시간에 위기로 치달았다. 장난기 가득한 두 남자아이가 유나와 매이의 탐험대를 저지했다. 그 또래 남자아이들 특유의 전쟁놀이가 개시되었다. 무기는 "빵꾸"였다. 남자아이들은 밑도 끝도 없이 여자아이들을 향해 "쟤 보래요. 빵꾸래요. 빵꾸래요. 에잇! 빵꾸야!" 했다. 실로 기습적인 '빵꾸 공격'이었다. 예상치 못한 기습에 유나는 당황한 기색이 역력하다. 매이를 데리고 슬슬 피한다. 하지만 여세를 몰아 남자아이들은 가공할 무기를 발사했다. "너는 똥이다! 야아, 똥아!"

그 순간, 매이의 날카로운 소리가 들려왔다. "아니야. 매이, 빵꾸 아니야. 매이야." 유나 옆에 붙어 있던 매이는 슬슬 피하면서도 남자아이들을 향해 필사의 반격을 가했다. "매이, 똥 아니야. 매이야." 자기 방어에 성공한 매이는 치고 빠지는 남자아이들을 향해 과감한 공격을 시도했다. 주먹을 높이 쳐들고 폴폴 달려가더니 때리지는 못하고 입술을 앙다문 채 눈을 치켜떴다. 그러고는 집에서 아빠한테 했던 자세와 표정으로 "혼난다. 매이, 빵꾸 아니라 그랬지! 매이야!" 고함을 지르고는 쪼르르 나한테 온다.

더 이상 나는 중립적인 관객일 수 없게 되었다. "그래 매이, 빵꾸 아니지. 오빠들이 매이한테 빵꾸라고 놀렸어?" 매이는 든든한 지원군을 얻은 듯 의기양양해져서 또 한 번 남자아이들에게 달려가 주먹을 높이 들고 때리는 시늉을 하고는 황급히 아군 진영으로 되돌아온다. 그러자 남자아이 하나가 과감히 우리 진영 깊숙이 들어와 역시 주먹을 높이 들고 매이를 때리는 시늉을 한다. "아, 안 돼! 동생이잖아. 때리면 안 돼." 내가 방어했다.

남자아이도 때릴 의사는 없어 보였다. 그냥 장난치고 싶은 것이다. 생글생글 웃으며 들고 있던 손을 매이 머리에 가볍게 내려놓았다. 하지만 그동안 심장이 콩알만 해졌던 매이는 이 새털 같은 충격에도 치명상을 입은 듯 "아앙, 엉, 흑, 흑" 울음을 터뜨렸다. 나는 매이를 꼭 껴안고 괜찮다, 때린 게 아니라 오빠가 장난친 거다, 달랬지만 매이의 울음은 한동안 그치지 않았다. "매이야, 그럼, 매이도 오빠한테 가서 빵꾸똥꾸라고 놀려. 알았지?" 나는 매이의 닭똥 같은 눈물을 닦아주며 공격 명령을 내렸다. 하지만 매이는 이미 상황 종료된 상태였다. 매이는 유나 언니 손을 이끌고 미끄럼틀 안으로 동굴 탐사하러 간다.

나는 다시 관객이 되어 매이와 유나의 동굴 탐사를 느긋하게 지켜보았다. 한참 지나 흥미가 없어졌는지 유나가 나에게 와 뭐하냐며 내 책을 기웃거렸다. 그러더니 책 좀 줘보란다. "뭐하려고?" 하니 가지고 놀 거란다. 뒤따라온 매이도 책을 달란다. 유나가 가져갔다고 하자 매이가 "매이도, 매이도" 하면서 떼를 쓰려고 한다. 다급해진 나는 유나에게 책을 뺏어 "이 책은 그림도 없고 엄청 재미없는데 다른 거 가지고 놀면 안 될까?" 하며 궁색한.핑계를 댔다. 그랬더니 유나는 "그래, 또 달라고 하면 매이도 달라고 하고 그러면 또 싸우게 돼. 됐어요, 안 가지고 놀래요" 한다. 허! 이 자식들 정말 많이 컸구나!

5

우리나라가 졌어?

"대~함민국!" 어디서 배웠는지 매이가 월드컵 구호를 흉내 낸다. 아직 짝짝 짝 짝짝 세마치장단의 박수는 못 치고, 어설프게 손바닥을 두세 번 부딪치고는 불경스럽게(?) 가운데 손가락만 편 양손을 앞으로 쭉 내민다. "하하하 매이야 그게 뭐야?" "응, 대~함민국 하는 거야." 나는 그 의도치 않은 불경스러움이 재미있어서 "이렇게? 대~한민국" 하며 매이처럼 '성性스러운' 가운데 손가락을 곧추세워 양손을 앞으로 쫙 폈다. 짝짝 짝 짝짝.

그 불경스러운 손가락 때문이었을까? 한국 축구 국가대표팀이 우루과이에 석패했다. 매이는 무책임하게(?) 이상한 손동작만 가르쳐주고 정작 시합 때는 엄마 젖을 물고 잠들어버렸다. 아내는 편하게 경기를 보려는 작전으로 일찌감치 매이에게 젖을 물리고 비스듬히 누워 있었다. 덕분에 나는 만화 틀어달라고 투정 부리는 매이와 시청권 다툼 없이 시합을 볼 수 있었다. 경기가 끝나자마자 매이는 일부러 잠든 척했다는 듯이 눈을 떴다. 예의 그 "뽁" 소리를 내며 엄마 젖에서 입을 뗀 매이는 "어 오늘 대한민국 하는 날인데" 하고 묻는다. 아내가 "응, 매이야. 벌써 했어, 매이 자는 동안에. 근데, 우리가 졌어"라며 짐짓 슬픈 표정을 지었다. 그러자 매이는 "응? 졌어? 엄마가?"라고 묻는다. "음 우리가 졌어" 하며 아내가 손으로 원을 그리자, 이번엔 "매이가? 매이가 졌어? 언제?" 하며 황당하다는 듯 바라본다. 내가 "아니, 엄마랑 매이가 진 게 아니라 우리나라팀이 졌다고" 설명했지만, 매이는 '난 아무것도 하지 않았는데, 뭘 졌다는 거야'라는 표정을 지으며 의아해했다.

매이는 계단 오를 때도 아내와 경주를 하며 다 올라와선 꼭 "와, 매이가 이겼다, 만세" 하고, 가끔씩 엄마에게 팔씨름을 청해 자기가 이기면, "엄마, 매이 힘세지?" 하고 의기양양할 만큼 승부욕이 있다. 그런 매이로서는 자신의 행위와 관계없이 무조건 패배를 받아들이는 것이 못내 억울한 모양이다. 하기야 매이는 '우리나라'라는 추상적 범주의 의미가 뭔지, 그것이 엄마와 자기와 무슨 관계인지, 축구팀이 국가를 대표한다는 것은 뭔지, 팀의 승패에 따라 울고 웃는 건 또 왜인지 이해하지 못한다. 자신을 어떤 추상적 집단의 소속원으로 인식하고 그 집단의 대표자와 자신을 동일시하는 것 자체가 얼마나 이상하고 어려운 일인가?

어린이집은 어떨까? 매이가 생후 10개월부터 지금까지 매일 아침 눈도 뜨기 전에 아빠에게 안겨 가서는 하루 종일 놀고 밥 먹는 곳에 대한 소속감은 어떨까? 지금 다니는 영주어린이집은 매이를 다 키워준 고마운 곳이지만, 4세반까지만 있어 내년부터 다닐 반이 없다. 우리 부부는 한 달 전쯤 내년에 다닐 어린이집을 미리 알아보고, 유나가 다니는 영락어린이집 대기자 명단에 이름을 올려놓았다. 대기번호 6번이었다. 내년 2월까지 결원이 있을까 했는데 며칠 전 전화가 왔다. 결원이 생겼다며 8월부터 다닐 수 있는지 묻는 것이었다. 앞의 다섯 명은 어찌된 걸까? 유령 회원? "지금은 곤란하다, 기다려달라?"

다니던 어린이집에서 성대한(?) 수료식과 함께 유종의 미를 거두고, 아내가 그토록 소원하던 앨범도 받고, 내년 3월 초에 새 어린이집에 입학하는 것이 가장 아름다운 순서겠지만, 그때도 영락어린이집에 빈 자리가 있을지 확신할 수 없었다. 이 기회를 놓치고 싶지 않았다. 하지만 매이 입장에서는 지금의 어린이집이 2년 반(매이의 일생 거의 대부분) 동안이나 집처럼 익숙하고 당연하게 느껴지는 공간일 테고, 매이를 정성으로 키워준 다섯 명의 선생님들과 매일 올망졸망 부대끼며 노는 친구들과 헤어져 낯선 환경에 새로 적응하기란 힘들 것이라는 걱정이 들었다. 하지만 이번에 옮기면 대기번호 따위에 더 이상 신경 쓰지 않아도 되고, 좀 식상해진 상태에서 변화를 주어 새 친구, 새 선생님들과 생활하는 것도 매이에게 나쁘진 않을 것 같았다. 어차피 내년에 옮길 것을 미리 하는 것도 나쁘지 않을 것 같아 옮기는 쪽으로 마음이 기울었다.

저녁에 매이에게 조심스럽게 물어봤다. "매이야, 매이 지금 다니는 영주어린이집 말고 다른 어린이집에 가면 어떨까?" 이렇게 물으면서도 매이가 이 질문의 의미를 이해할까 의심스러웠다. 태어나서 줄곧 영주어린이집만 다녔는데, 다른 어린이집이라는 것을 어찌 알까? 그런데 매이는 "와, 신난다!" 하며 좋아하는 게 아닌가? 무슨 뜻인지 모른 채 '어디 간다'는 말에 좋아하는 게 틀림없다. 다시 소속을 옮겼을 때 일어날 구체적 변화를 알려줬다. "매이야, 새 어린이집 가면 예쁜 선생님(담임선생님을 그렇게 부른다)도 못 보고 최문기(매이의 남친)도 못 보는데 그래도 좋아?" 그러자 매이는 "응, 코 자고 나서 어린이집 가면 최문기 볼 수 있어"란다. 역시 못 알아들었다. "매이야, 새 어린이집 가면 지금 친구들은 못 보게 되는 거야. 대신 새 친구들 많이 사귈 수 있어. 새로운 선생님도 많고"라고 재차 설명했다.

그러자 매이는 손가락을 볼에 대고 곰곰이 생각하는 척하더니 "언제? 내일?" 하고 묻는다. "아니, 내일은 아니고 한 달 후에." 이번엔 '한 달'이라는 날짜 설명이 걸렸다. 과거는 한 달 전이든 어제든 모두 "아까"라고 하는 매이에게 한 달이라는 추상적 시간의 간격을 어찌 설명해야 할까? '서른 밤 자고'라고 말하려다 아차, 숫자도 다섯까지밖에 못 세지 싶어 말았다. 곤혹스러워하는 나에게 매이가 "매이가 키 이만큼 크면 가?"라며 자기만의 측정법을 알려줬다. "아니, 그만큼 크지는 않고 아주 조금, 요만큼 크면 가." 나는 손가락 한 마디를 보여주면서, 동시에 과연 한 달 동안 매이가 그만큼 클까를 의심하며 대답했다. 겉돌기만 하는 질의응답 끝에 나는 "그래서, 매이야. 어린이집 옮기는 거 좋아?"라고 날치기 통과를 시도했다. "응, 매이, 어린이집 가면 최문기 만나." 아이고! 실패다.

그런데 다음 날 밤 집에 들어가니 아내가 "매이 담임선생님께서 매이가 자기 새 어린이집 간다고 자랑했다 하시네. 원장선생님께도 아직 말씀 못 드렸는데"라고 곤혹스러워했다. 요즘 매이는 가끔 내가 예상한 것보다 한발 앞서서 성숙한 모습을 보인다. 우리보다 먼저 선생님께 말하다니, 어린이집을 옮기는 게 뭘 의미하는지 매이는 이미 알고 있었던 걸까? "매이야, 정말 매이가 선생님한테 어린이집 옮긴다고 말했어?" 만화를 보는 매이에게 물었다. 매이는 그게 뭐 대수라는 듯이 "응, 영주어린이집, 재미없어… 심심해… 지겨워"라고 대답한다. "지겨워?" 지겨운 게 뭔지 아는 걸까? 그러고 보니 어제 아내한테 "매이도 영주어린이집이 지겨워졌을 수 있어"라고 말했던 기억이 난다. 매이가 들었나 보다. 정말 매이는 어린이집을 옮기는 게 뭘 의미하는지 알아들은 걸까? 정말 2년 반 동안 똑같은 선생님, 똑같은 친구들하고 지내는 게 지겨워진 걸까? 그래서 새로운 친구와 선생님들과의 생활을 꿈꾸고 있는 걸까?

일요일에 어린이집 건물 3층의 영주교회 유아부에 매이를 데리고 다녀온 아내는 매이가 또 아침에, "엄마 우리 어디 가?" 해서 "교회 간다" 하니까, "와 신난다. 매이, 어린이집은 싫구, 엘리베이터 타구, 3층 가는 거는 좋아, 빨리 가자, 늦겠다"라며 재촉하더란다. 아내는 정말 어린이집에 싫증한 것이 맞는 것 같다며, 새 어린이집에 가기로 한 결정이 잘한 것 같다고 했다. 어차피 7월 22일부터 4일간 아내가 '다함께'에서 하는 '맑시즘 2010'에 참가하는데, 그곳에서 밤늦게까지 무료로 운영하는 놀이방에 데려갈 예정이다. 벌써 여름마다 3년째 가게 된 '다함께 단기 놀이방(?)'에서 적응 훈련을 거치고, 7월 마지막 주에는 휴가를 갈 예정이니, 휴가 후 새 어린이집으로 등교하면 바람이 잔뜩 든 마음으로 '여긴 또 얼마 동안 다닐 휴가처'인가 하며 여차여차 적응할 수 있을 것 같기는 하다. 그렇게 매이의 사랑, 최문기는 잊히려나?

6

알몸 질주

　"매이야 옷 입자." "싫어, 더워." 날이 더워지면서 요즘 매이는 집에서 발가벗고 지낸다. 어린이집에서 돌아오자마자 덥다며 옷 벗겨달라 한다. 팬티는 입자고 해도 한사코 다 벗겠단다. 날도 덥고 빨랫감도 덜 생기고 집인데 뭐 어떠냐 싶어 벗고 놀게 두었다. 그런데 바깥에서도 그런다. 놀이터에서 오줌을 싸 옷을 갈아입혀 주려고 하면 홀딱 벗은 상태로 도망친다. 깜짝 놀라 잡으려 하면 매이는 "아빠, 나 잡아 봐라" 하면서 술래잡기를 시작한다. 알몸의 여자애와 추레한 중년 남성의 엽기쇼로 놀이터는 일순간 극장이 된다.

　연구실에서는 더하다. 맨발로 뛰어다니기는 예사고, 기회만 있으면 벌거벗으려 한다. 어제도 그랬다. 유나랑 팥빙수를 먹다 매이가 그릇을 엎질렀다. 속옷까지 젖어 다 벗기고 새 옷을 입히려 하는데 발버둥을 치며 내 손을 빠져나가 복도로 내달렸다. 그때부터 30여 분 동안 나는 벌거벗은 매이와 엽기적인 술래잡기를 해야 했다. 유나가 타일러도 소용이 없었다. 이것만큼 아빠를 술래잡기에 참여시킬 강력한 유인책이 없다는 걸 안 듯 벌거벗은 매이는 연구실을 누볐다. 카페에서 주방으로, 주방에서 복도로, 복도 이쪽 끝에서 저쪽 끝으로, 급기야 남산 식구들 공부방으로, 그것도 모자라 계단을 내려와 2층 식구들 《에티카》 에세이 발표하는 세미나실을 예절 없이 침입하여 사람들을 경악게 했다.

그동안 나는 뭘 했느냐고? 한두 번 타이르고 잡으려다가 포기해버렸다. 괜히 내가 잡으려 들면 더 흥미를 유발할 것 같아 모른 체하고 딴청을 피웠다. 시큰둥하게 '그게 재미있어?'라는 표정을 지으면서. 하지만 나의 '무시 작전'은 실패했고, 매이는 나체의 자유로움을 즐기듯 두 팔을 팔랑거리며 깔깔거리고 돌아다녔다. 놀란 사람들의 신고와 포획, 거듭된 탈출 끝에, 인간 놀이기구 여일의 회전목마에 얼이 빠진 틈을 타 옷을 입힐 수 있었다.

집에 돌아와 아내에게 매이의 '만행'을 일러바쳤다. 아내는 기겁을 하며 애가 그러는 동안 자기는 뭘 했느냐며 윽박질렀다. 자꾸 도망가 어쩔 수 없었다는 하소연과 함께 "뭐, 애가 그럴 수도 있지"라고 했다. 그러자 아내는 정색을 하며 "어떻게 그럴 수 있어? 진짜 개념 없다. 아이의 신체에 대한 담론 지형이 이미 바뀌었다고. 이제 더 이상 아이의 신체는 무성적인 신체가 아니라, 누군가의 성적 판타지를 만족시킨다는 생각을 해야 돼"라고 논박했다.

나는 그 말이 연구실 사람들을 잠재적인 소아성애증자로 간주하는 말처럼 들려 기분이 나빠 "설마 연구실 사람들 중에 누군가 매이의 벗은 몸을 보고 성적 판타지를 가졌을 거라고 생각하는 거야? 극히 일부 사람들의 시선에서만 그런 것뿐이지. 소수 도착적 시선과 그것을 확대하여 정신의학적 통제를 강화하려는 언론과 권력의 담론놀음에 놀아날 필요는 없는 거야"라고 맞받아쳤다.

아내는 "자기는 정신분석학을 공부했다는 사람이 뭐 그렇게 무식해? 동성애 담론이 공론화된 상태에선, 과거엔 아무렇지도 않게 이루어졌던 동성들 간 노출이나 접촉이 섹슈얼리티적 관점에서 보이고, 어떤 긴장과 경계가 생기지. 그런데 그런 변화를 보고 누군가가 우리 중 누가 게이라는 거냐, 동성애자는 소수일 뿐인데, 우리 모두를 동성애자로 모는 거냐고 묻는다면, 그건 그냥 무식한 거 아냐? 동성애 담론에서 진짜 핵심은 다수의 이성애자와 구분되는 소수의 동성애자를 인정하라는 것이 아니라, 동성애도 섹슈얼리티의 한 부분으로 인정하는 것이야. 자신을 이성애자라고 생각하는 사람들 중에도 동성애적 성향이 있기 마련이고. 사실 도착이라고 일컬어지는 것이 다 그렇지 않아? 페티시즘이나 관음증 같은 것도 소수의 도착증자의 증상이 아니라, 소위 정상적이라는 섹슈얼리티 안에 그러한 성향이 들어 있는 거잖아. 소아기호증도 어떤 미친 범죄자들의 욕망일 뿐이고, 다른 사람은 전혀 그렇게 느끼지 않으며, 느낄 수도 없다고 선 그어버리는 것은 진실도 아니고 사태에 도움도 되지 않아" 하며 열변을 쏟았다.

나는 아이의 나체가 자연스러움이 아니라 누군가에게는 성적 판타지의 대상이 된다는 생각을 모두가 해야 한다는 아내의 말을 어느 정도 인정하더라도, 여전히 억울한 느낌이 들어 다시 반박했다. "소아기호증을 동성애에 비유하는 것은 좀 문제가 있지만, 무슨 말을 하려는지 알겠어. 하지만 그렇다 하더라도 그에 대한 대응으로 몸을 꽁꽁 감싸는 방식이 좋은 거야? 자기 얘기는 마치 여성들의 노출이 성폭력의 원인을 제공한다는 논리와 닮았지 않아?"

이 말에 아내는 더 목소리를 높여 일장 연설을 했다. "뭔 소리야? 성적 판타지 제공이 어떻게 곧바로 성폭력의 원인 제공론으로 이어져? 그 논리는 남자는 성적 흥분을 느끼면, 곧바로 폭력적인 성행위를 일으킬 수밖에 없는 존재라는 논리인데, 그게 인정되면 '남자 인간'은 더 이상 이성적 존재가 아니라는 말이 되는 거야. 온 우주 중 유일한 이성적 존재임을 자처하는 남자 인간이 그 자격을 스스로 놓아버리는 게 되는 거지. 그러니 성적 판타지의 자극을 받아 성폭행을 했다는 놈은 그냥 그놈 책임인 거고, 피해자 책임론 따위는 더 말할 필요도 없어. 성폭행에서 중요한 것은 자극의 유무가 아니라, 힘의 관계야. 소아 성폭행은 그 본질이 적나라하게 드러나는 고리이고. 누군가는 아이를 보고 성적 판타지를 느낄 수 있어. 어떤 측면에서는 아이의 몸이 섹슈얼리티적이라는 것을 인정해야 해. 소아에 대한 성적 판타지가 사회적으로 조장되어선 안 되겠지만, 그렇다고 그 생각들을 모조리 색출하여 박멸할 수는 없어. 하지만 소아와 진짜로 성관계를 해선 안 돼. 설사 아이가 원했다고 해도 그건 성폭력이 맞아. 이 대목이 동성애와 다르지. 아이는 성관계의 의미를 정확히 알지 못하고, 대등한 관계가 아니기 때문에 책임의 주체가 될 수 없어. 내가 아이가 벗고 다니는 것을 놔둬선 안 된다고 하는 것은 벗고 다니는 아이가 유아 성폭행을 유발한다거나 그 책임을 져야 한다는 뜻이 결코 아니야. 그건 가해자의 책임이야. 변명의 여지가 없어. 내 말의 핵심은 노출이나 성적 판타지의 유발이 자기 의지와 욕망에 따라 이루어지는 것과 욕망의 구조 따위를 전혀 모르는 상태에서 타인의 성적 시선에 수동적으로 방치되는 건 완전히 다르다는 거야. 성인 여자가 자기 욕망에 따라 과감한 노출 패션을 구사하는 것은 문제가 없어. 그걸 보고 금기와 억압의 변을 설파하는 사람들에게는 '왜, 꼴려?'라고 해버리면 그만이야. 성폭력을 유발했다는 책임을 질 필요도 없고. 하지만 아무것도 모른 채 자기 몸을 타인의 음란한 시선에 방치하는 일은 부주의한 것이고, 말려야 하는 거야."

나는 "자기 의지에 의한 것과 무지에 의한 것을 그렇게 선명히 구분할 수 있을지 모르겠고, 또 그걸 구분하는 게 왜 그렇게 중요한 건지 모르겠다. 그런 백치 같은 사람이 과연 얼마나 있는지도 모르겠고"라고 시큰둥하게 대꾸했다.

그러자 아내는 실증 사례를 댔다. "중학교 1학년 때 나처럼 키 작은 아이는 가슴도 별로 나오지 않았지만, 키가 크거나 뚱뚱한 아이들은 벌써 굉장히 글래머였는데, 부모의 무관심 때문인지, 본인의 순진무구함 때문인지, 브래지어를 안 하고 다니는 아이가 있었어. 그 애 이름이 아직도 기억나네. 공부도 중상 정도였는데, 얼굴에 주근깨가 많고 어두운 표정에 말수가 적고 친구가 없었지. 4월부터 교복이 춘추복이 되고 체육복이 반팔이 되었는데, 체육 시간에 유두가 다 비치고, 뛰면 가슴이 출렁출렁 리드미컬한 원을 그리곤 했지. 그때 체육선생님이 젊은 남자였거든. 그맘때 애들마다 성적인 관심의 편차가 엄청났어. 맨날 연습장에 음화만 그리는 애도 있었고. 남자 체육선생님이 그 애 가슴을 유심히 봤네, 아니 눈 둘 곳을 못 찾아 보질 못하더라 등등 친한 애들끼리 수군거리고, 다들 민망해하면서도 신학기라 그 애와 친한 애가 없어 본인에게는 아무도 말을 못했었어. 그때만 해도 애들이 좀 순진했지만, 요즘 같았다면 아마 왕따가 되어 일진에게 얻어맞는 상황이 되었을 걸?"

나는 그 지점에서 반박할 말을 찾지 못했다. "그러니까 매이도 마찬가지라는 거지? 자기결정권을 지니는 일, 곧 욕망의 주체가 되는 것과 타자의 욕망의 대상이 되는 건 다르다고. 음, 그래. 내가 잘못한 것 같다." 그렇게 나는 패배와 잘못을 인정했다. 야행성인 아내와 밤중에 복잡한 대화를 이어가는 건 너무 피곤한 노릇이기도 하고.

옆에서 엄마와 아빠의 논쟁을 지켜보던 매이가 야릇한 미소를 짓더니 "엄마 아빠, 뽀뽀해"라고 한다. "응? 뭐하라고?" "응, 엄마랑 아빠랑 뽀뽀해." "매이야, 왜? 왜 뽀뽀하라는 거야?" "응, 그냥." 지난주에도 그런 적이 있었다. 그때는 그냥 얼버무리면서 넘어갔는데, 생각해보니 그때도 지금처럼 나와 아내가 시사에 관해 토론했던 것 같다. 나도 그렇지만 토론할 때 아내의 목소리는 싸우는 것처럼 커진다. 매이는 엄마 아빠가 싸운다고 여긴 것이다. 그래서 어린이집에서 배운 것처럼 다투고 나서는 뽀뽀로 마무리해야 한다고 생각했나 보다. 거듭된 매이의 명령에 나와 아내는 못 이기는 척 오랜만에(?) 뽀뽀를 했다.

7

연기본능 + 개그본능

　매이의 연기본능이 폭발하고 있다. 일단 감정 표현에 과장이 심하다. 조금만 기분 좋으면 양손을 들고 엉덩이를 실룩거리며 폴짝폴짝 뛰고, 별로 슬퍼할 일이 아닌데도 폼 잡고 우는 시늉을 한다. 어제는 잘 놀다 말고 "아빠, 민준이 오빠는 키가 커. 오빠라서. 매이는 아기라서 키가 작아" 하며 처연한 표정을 짓더니 양손을 눈에 대고 눈물까지 훔쳤다. 그 모습이 재미있어서 나도 슬픈 척하며 "엉엉, 그랬구나. 매이가 많이 슬펐구나" 하며 안아줬더니 금세 해죽거리며 TV 쪽으로 뛰어간다. 비가 오면 분홍색 우산을 쓰고 빨간색 구두를 신고 우산으로 떨어지는 빗소리를 들으며 감상에 젖은 표정을 짓는다. 산이나 들길을 산책할 때면 손으로 풀끝을 훑기도 하고 저만치 혼자 떨어져 무릎을 꿇고 꽃향기를 맡아보기도 하며 그윽한 표정을 짓는다. 그러면 우리 부부는 "쟤, 또 느낀다"며 기다린다.

장난감놀이도 연극적이다. 같이 TV를 보다 말고 한쪽으로 가기에 뭐하나 했더니, 혼자 장난감을 가지고 드라마를 찍고 있다. 대사까지 넣어서. 가만히 들어보니 리얼리티도 있다. 유나 언니가 나오고 최문

기도 나오고 엄마까지 등장하는 홈드라마다. "뭐해?" 하고 물어보니 "아무것도 아니야" 하며 부끄럽게 웃는다. 아직 공개할 만한 수준은 아닌가 보다. TV시청 폭도 넓어졌다. 단편만화나 어린이 프로에 질렸는지 성인 프로도 곧잘 보고, 오히려 내가 더 집중하는 장편애니메이션도 진득하니 즐긴다. 특히 개그 프로나 코미디영화에 관심이 많다. 엄마 아빠가 웃음보를 터뜨리면 자기도 따라 웃는다. 그러고는 우리 앞으로 돌아서서 방금 전 연기자의 코믹한 표정과 대사를 흉내 낸다. 그 모습을 보며 우리 부부는 또 한 번 빵 터진다.

반응이 좋은 몸 개그는 나중에 써먹기도 한다. 하루는 컨디션이 안 좋아 소파에 엎드린 엄마 앞에 떡 서더니 눈을 까뒤집고 고개는 미친 듯이 흔들고 두 발을 종종대며 뛰다가 나무 기둥 쓰러지듯 몸을 소파로 내던진다. 그걸 본 아내는 숨넘어가듯이 웃는다. "저렇게 했어야 했는데!" 유난히 코미디를 좋아하는 데다, 20대에 코미디작가 시험에 응시했다 2차에서 떨어졌다는 아내는 매이의 타고난 개그본능에 찬탄을 금치 못했다. 그날 이후 매이는 엄마가 기분이 안 좋아 보이면 그 몸 개그를 반복한다.

잠자기 전 매이의 침대쇼도 달라졌다. 전에는 노래와 춤 공연을 하거나 이불 속에 숨고 찾기놀이를 하는 게 고작이었는데 요즘에는 엄마 아빠를 배우로 세워 연극 연출을 한다. 엄마 아빠를 나란히 눕혀놓고 해변가의 연인처럼 손을 붙잡게 하거나, 아빠 팔을 잡아 엄마를 껴안게 한 다음, 일어서서 마주보고 뽀뽀를 시키기도 한다. 응? 무슨 상황? 어색하고 민망한 연기를 시켜놓고는 혼자서 히득히득 웃는다. "매이야 이건 뭐하는 거야?" "응, 결혼하는 거야. 왕자님하고 공주님처럼." 아이고, 또 그놈의 공주 타령인가?

"엄마 아빠 이미 결혼했다니까. 매이야, 엄마 아빠 결혼식 하는 거 보여줄까?" 급기야 아내가 아직 한 번도 꺼내보지 않은 결혼식 비디오 녹화 테이프를 찾아내 매이에게 보여줬다. 다 감상한 매이는 매우 흡족해했다. 비디오 속의 엄마 아빠는 지금보다 훨씬 예쁘고, 공주와 왕자님 옷차림에, 심하게 '분장'까지 했으니, 매이의 결혼식 로망이 충족된 모양이다.

매이는 좋긴 한데 뭔가 이상하다는 듯이 "근데, 매이는 어디 있어?" 묻는다. 그 동화 같은 그림 속에 자기는 왜 없냐는 것이다. "매이야, 그때 매이는 아직 없었어. 엄마 아빠가 결혼하고 나서 한참 있다가 매이가 엄마 배 속에 생긴 거야." "그래?" 매이는 약간 섭섭하긴 하지만 알았다는 듯이 가볍게 응답했다. 그날 이후 매이는 공부방에 걸려 있는 결혼식 사진을 수시로 들여다보고, 내가 강의 나가느라 양복 차림에 안경 대신 콘택트렌즈를 끼는 날이면 야릇한 미소로 내 얼굴을 만지작거리며 "아빠, 왜 안경 안 썼어?" 한다. '또 결혼해?'라는 말이 나올 것 같아 나는 "멋있지? 이게 아빠 작업복이야"라며 결혼과 관련한 말문을 막아버렸다.

매이의 연기 속에서는 모든 것이 키치가 된다. 사물의 가장 낡고 닳은 표면을 극화하는 키치적인 몸짓 속에서 사물의 아우라는 날아가버린다. 사랑과 결혼도, 폭력과 죽음도, 기쁨과 슬픔도 한낱 가벼운 웃음거리가 된다. 때때로 유치하다고 놀려대지만 그 유치함 속에서 매이가 인간사의 본질을 깨달아가는 것 같아 흐뭇하다. 아내는 이런 매이를 보며 장래 코미디언이 되려나, 아니면 영화감독이 되려나, 혼자 즐거운 기대와 상상에 부풀지만, 나는 그런 생각은 다 부질없다고 여긴다. 다만, 인생은 너무나 통속적이며, 그 유치하고 통속적인 겉모습 이면에는 어떤 신비한 비밀이나 진실 또한 없다는 더 무서운 진실을, 매이가 앞으로 살아가는 동안에도 잊지 말기를 바란다.

8

이상한 거울 나라

"아빠, 근데 이거 뭐야?" 냉동실에 있는 아이스크림을 꺼내겠다며 들어 올려달라던 매이가 냉동실 문에 붙어 있는 사진을 보고 묻는다. "응? 아! 칸차나 언니야." "괜찮아?" "아니, 칸차나라고 저기 멀리 스리랑카에 사는 언니랑 그 언니 엄마야." 그동안 그 사진이 거기 붙어 있었다는 것도 까맣게 잊고 지냈는데, 매이가 일깨워줬다.

칸차나는 2005년부터 우리 부부가 플랜코리아라는 NGO를 통해 1:1 결연을 맺어 후원하고 있는 스리랑카의 열한 살 소녀이다. 플랜코리아는 개발도상국 어린이를 돕는 국제적 NGO단체인데, 후원자와 아동 사이에 사적인 친밀감을 형성하면서도, 아동에게 직접 현금을 지원하는 방식이 아니라 아동이 사는 지역에 상수도나 학교를 만들어 주는 사업을 펼친다고 한다. 2005년에 TV에서 후원 독려 콘서트를 보고 뭉클해진 아내가 가입하자 해서 시작했는데, 이후 칸차나의 인적 사항과 사진이 왔고, 그 후 잊을 만하면 한 번씩 칸차나의 사진이나 칸차나가 그린 그림, 그리고 칸차나가 사는 지역 아동들의 근황과 환경 개선 소식이 우편으로 날아온다.

그런데 나는 한 번도 칸차나에게 우리 소식을 전하지 않았다. 아내도 처음엔 사이트에도 방문하고 어떤 사진을 보낼까 묻기도 하더니, 요즘은 연말정산 때나 후원금영수증을 챙길 뿐이라며 겸연쩍게 말한다. 개인적인 선물은 후원 아동과 다른 아이들 간 위화감을 조성할 수 있다는 (참으로 지당한) 이유로 얼마 전부터 금지되었지만, 후원자 소식과 연대의 인사는 플랜코리아가 적극 권장하는 사항임에도 우리는 아직까지 한 번도 편지를 쓰거나 사진을 보내지 않은 것이다. 물론 순전히 게으름의 소치이지만, 한편으로는 칸차나가 공연히 우리의 사진과 편지를 보고 '와, 한국 사람들은 꽤 잘사는구나. 한국은 어떤 나라일까? 가보고 싶다'는 식의 상상을 불러일으키는 것도 마뜩잖고, '꿈이 뭐니? 용기를 갖고 꿈을 일구어라'는 식의 무책임하고 상투적인 인사말 따위를 건네는 것도 멋쩍다는 생각 탓이다.

미국에 사는 아내 친구와 아내의 대화에서 관련 이야기가 나온 적이 있었다. 우리 부부가 신혼여행을 갔을 때 그 집에서 며칠 묵기도 하고, 친구 역시 미국인 남편과 아이를 데리고 우리 집에서 묵을 정도로 아내와 절친한 그녀는 소위 '정치적 올바름'을 추구하는 전형적인 미국의 민주시민이다. 미국에서 박사 학위를 받고 미국 연구소에 취업하고 미국인과 결혼해 아이를 낳고 산 그녀는, 십수 년 동안 미국 시민권을 얻지 않고 살다 순전히 오바마를 찍기 위해 한국 시민권을 포기했다고 말할 정도로 예민한 정치의식의 소유자이다. 한국에 있는 그녀의 언니도 지역 활동을 하는 민주시민인데, "이제 한국의 시민들도 국내의 빈곤계층보다 해외의 빈곤 아동에 더 많은 관심을 기울여야 한다"고 말했단다. 과연 그러한지, 한국은 물론 미국에도 가난한 사람들이 많은데, 제3세계의 절대적 빈곤보다는 상황이 낫다는 이유로 그 문제는 이제 덮어도 되는 것인지, 혼란스럽다며 아내와 길게 이야기를 나누었다.

그녀 언니의 말은 한국의 진보세력도 민족주의에 갇히지 말고 세계시민의식을 가져야 한다는 뜻일 게다. 하지만 국내 빈곤계층에 대한 관심의 이동을 언급한 대목은 마음에 걸렸다. 빈곤 문제를 시혜의 관점에서 보는 것이 아닌지 의심스러웠다. 한국도 웬만큼 잘살게 되었으니 외국의 못사는 사람들에 대한 관심과 책임감을 가져야 한다는 말일 텐데, 이는 신자유주의 세계화 이래 미국과 한국 내 빈곤계급 문제가 갈수록 심해지고 있음에도 불구하고, 빈곤 문제를 정치 문제로 사유하지 못하고, 투쟁의 기반을 스스로 놓아버리는 안일한 문제의식이 아닌가 싶었다.

내가 몇 권의 책을 번역하기도 한 슬라보예 지젝에 따르면 미국의 노동계급은 자본가보다 자유주의자를 더 싫어한다고 한다. 미국의 중산층 자유주의자들이 흑인이나 동성애자, 해외의 인권 약자에 대해서는 '정치적으로 올바른' 관심을 가지면서, 정작 자국의 계급 문제는 모른 척하기 때문이란다. 아내가 전한 친구의 고민을 접하노라니, 새삼 지젝의 지적이 떠올랐다. 나와 아내는 먼 나라의 가난하고 불쌍한 이웃은 동정받아 마땅하지만 옆집에 사는 노동자계급의 '폭력적인' 이념과 항거는 참을 수 없다는 식의 중산층 이데올로기는 정말 문제가 아닌가라는 말을 주고받았다.

그때 엄마 젖을 물고 곤한 잠을 청하려던 매이가 소리를 빽 지른다. "아빠, 시끄러워!" 하긴 정신분석은 쓸데없이 시끄럽기만 할 때가 있다. 진짜 행위(국내의 계급투쟁 활성화)를 하지 못하는 자신의 무능을 가리기 위해 가짜 행위(바깥의 소수자에게 관용의 태도를 보임)를 하는 모습은 고스란히 나 자신에게도 적용될 수 있다. 매달 3만 원의 후원금만 아내 통장에서 자동이체 시켜놓은 채 칸차나란 이름조차 가물가물해진 나 자신의 게으름에 대한 변명으로 해외 빈곤 아동 돕기의 이데올로기를 비판하는 데 열을 올리는 꼴이 아닌가?

지젝은 모두가 (상황의 진정한 변화를 가로막는) 거짓 행위에 참여를 강요할 때 차라리 아무것도 안 하는 것이 급진적일 수 있다고까지 말한다. 나는 이 말에 동의하지는 않는다. 아무것도 하지 않는 것보다야 틀리더라도 뭔가 하는 것이 낫다고 생각한다. '가만히 있으면 중간은 간다'는 말이나 '멈춰 있는 시계는 적어도 하루에 두 번은 맞는다'는 말은 나쁜 말이다. 삶(운동)을 부정하고 죽음(정지)을 예찬하는 말이다.

멈춰 있는 시계가 맞춘 두 번의 시각은 추인될 뿐, 현재의 시곗바늘은 아무런 의미도 지시하지 못한다. 반면 5분이든 10분이든 빠르거나 늦는 시계는 언제나 틀린 시각을 제시하지만, 매번 5분을 빼주거나 10분을 더하거나 심지어 조금씩 더 늦거나 빨라지는 정도까지 감안해 읽음으로써 활용 가능한 근사치를 생산해낸다. 멈춘 시계가 낫다는 말은 아마도 멈춘 시계는 멈춘 것이 눈에 보이므로 잘못된 시각을 인지할 위험이 적다는 의미도 있겠지만, 이 논리대로라도 멈춘 시계는 빨리 폐기되는 것이 상책이다. 혹시라도 작동되는 시계로 오인될 여지

가 있기 때문이다.

월드컵이 열릴 때마다 펠레의 저주가 화제다. 펠레가 월드컵 우승이나 선전을 예언한 팀은 항상 예상외로 부진하다는 얘기다. 펠레의 예언은 언제나 틀리지만, 거꾸로 해석하는 방식을 통해 의미를 얻는다. 아들인지 딸인지, 성공할지 실패할지를 묻는 질문에 60%의 적중률을 보이는 점쟁이보다 10%의 적중률을 보이는 점쟁이의 말이 더 가치 있다. 전자는 '랜덤'에 가깝지만, 후자의 예언은 특이성이 있으며 뒤집어 받아들이면 90% 적중률로 활용할 수 있는 것이다. 비록 정확도가 떨어지더라도 정밀도가 높은 총은 영점 보정을 통해 사용할 수 있다. 진리를 맞추지 못하더라도 내적 일관성을 가지고 끊임없이 자신의 견해를 드러내는 주체의 행위는 의미를 생산할 수 있으며, 액션과 리액션을 거친 꾸준한 보정을 통해 진리에 근접해갈 수 있다.

진리를 실체(존재)와 그 표상(관념, 이미지)의 일치에서 찾는 자는 항상 자신의 행위가 타자에게 어떻게 표상될지 염려한다. 표상 작용에 신경 쓰다 보면 주체의 실천과 변화는 억제되기 마련이다. 타자가 자신을 비추는 거울로 기능할 때 타자는 주체를 꼼짝 못하게 하는 지옥이 되고 만다.

요즘 매이는 자기 옷이 얼마나 예쁜지가 중요한 관심거리이다. 어린이집에서 데려올 때마다 "아빠, 허너님(선생님)이 이 옷 예쁘다고 그랬어" 한다. 그저께 매이가 유나를 만나자마자 "유나 언니, 이 옷 예뻐?" 하며 두 손을 어깨에 올리고 엉덩이를 살랑살랑하며 예쁜 척을 했다. 그러자 유나는 피식 웃으면서 "다른 사람 앞에서 자기가 예쁘다고 자랑하네. 히히. 매이야. 그러면 친구들한테 왕따 당해"라고 선배다운 충고를 했다. 깜짝 놀랐다. 타자에게 자기가 예쁘게 보이는지 신경 쓰기 시작한 매이도 일 년 반만 지나면 그런 과시 행위가 타인의 신경을 거슬리게 한다는 걸 배우겠구나. 그래서 어떤 행동을 할 때마다 타자에게 어떻게 보일지 염려하는 '이상한 거울 나라'에 들어가게 되겠구나. 부디 그 타자의 표상이 진리는 아니라는 것을 알기 바랄 뿐이다. 그 때문에 하고 싶은 일, 해야 하는 일을 하지 못하는 일이 없기를….

우리 집 사진과 소식을 보내는 것이 칸차나에게 어떻게 받아들여질까라는 공연한 고민은 그만하고 이제 칸차나에게 편지를 써야겠다. 키다리 아저씨 같은 후원자로서가 아니라 지구촌에 같이 사는 '친구'로서. 어떤 메시지나 이미지를 담은 편지가 아니라, 그 자체로 지구촌의 한 가난한 마을과 우리 집 사이에 소통과 연대의 끈이 되는 편지를 써야겠다.

어느 정신분석학자의 육아일기: 매이데이

"

같이 놀 친구를 찾기란 애나 어른이나 쉽지 않다.
매이도 친구보다 큰 재산은 없다는 것을
깨닫고 있는 중일 테지.

"

1

한 수 배웠다

매이를 키우다 보면 매이에게 한 수 배울 때도 많다. 아내에게 전해 들은 이야기다. 지난주 일요일 집 앞에 있는 교회에서 이런 일이 있었다. 예배 후 맛있게 점심을 먹고 나서 어른들은 어른들끼리 모여 담소를 나누고, 아이들은 자기들끼리 뛰어노는 시간이었는데, 그날따라 매이 또래 친구들은 일찍 가고 두 살 많은 언니들만 남았다. 평소 그 나이의 언니들 세 명이 뭉쳐 놀았는데 그날은 매이를 곧잘 놀이에 끼워주던 '착한' 언니 한 명이 안 와 둘만 있었다. 두 언니는 노골적으로 텃세를 부리며, 매이는 너무 어리다고 자기들끼리만 놀겠다고 했다. 매이는 언니 둘이 노는 옆에 앉아서 '나도 같이 놀고 싶은데, 나도 그

거 잘할 수 있는데' 하는 표정으로 계속 물끄러미 보았지만, 언니들은 자리를 옮겨가며 매이를 따돌렸다. "너는 아기라서 안 돼!"

아내는 매이가 안돼 보였지만, 괜히 간섭하면 안 될 것 같아 지켜보 았는데, 기어이 매이가 엄마 손을 끌고 언니들에게 데려갔다. '어떻게 좀 해달라'는 표정으로. 아내는 언니들에게 "매이도 같이 있으면 안 돼?"라고 조심스럽게 물었지만, "그냥 우리끼리 해야 될 게 있어서요" 라는 얄미운 대답만 돌아왔다. 아내는 그 자리에서 '얘들아, 우리 가 게 가서 맛있는 거 사 먹을까?'라며 물량 공세를 해볼까 싶었지만, 너 무 치사하고 나쁜 방법이라는 생각에 꾹 참았다. 언니들이 급기야 아 내와 매이에게 "저리 좀 가주세요"라고 말하며 아내를 밀쳤고, 참다못 한 아내는 "매이가 계속 같이 놀고 싶어서 옆에 있는 건데 끼워주지도 않고, 너희 너무한다"고 말했다. 그러자 언니들은 정색을 하고 "뭘요? 우린 그냥 우리끼리 노는 거예요. 그리고 매이가 끼워달라고 말하는 거 우린 듣지도 못했어요"라고 단호하게 굴었다.

아내는 억울한 느낌까지 들어 '됐어, 치사하다. 치사해. 매이야 집 에 가자!'라는 말이 목구멍까지 차올랐는데, 그 순간 매이가 "응? 껴 줘, 껴줘, 껴줘, 껴줘" 하고 작은 소리로 계속 말했다. 웃기기도 하고 어이없기도 해서 아내는 일단 그 자리를 피했다.

아내는 화장실에 가서 분을 삭였다. 자기 마음 같았으면 벌써 '가 자!' 했을 테지만, 그리되면 매이는 울음을 터뜨릴 것이고, 집에 와서 도 '언니들이랑 놀지 못했다'며 떼를 쓸 테지, 그보다 매이가 원하던

바가 아니니까, 결국 엄마가 인간관계 해결에 전혀 도움이 되지 않고 갈등만 증폭시킨다고 생각하게 되리라는 결론에 이르렀다. 아내는 차라리 모르는 척해야겠다고 결심했다.

그때 마침 화장실에 그 얄미운 언니가 들어왔지만 아내는 아무 말도 하지 않고 뚱한 표정으로 못 본 척 그냥 나왔다. 아내는 매이 곁으로 가지 않고 어른들 옆자리에 어중간하게 앉아 있었다. 얄미운 언니 엄마는 참 착한 사람인 것 같은데 딸이 저렇게 미운 짓을 한다는 걸 알려나 싶으면서도, 그걸 또 그 엄마에게 전하고, 엄마가 그러지 말라고 한들 그게 무슨 도움이 되랴 싶어 아무 말도 못하고 있었다. 그러다가 언니들 부모가 아이들 쪽을 봐주면 좋을 텐데 하는 마음으로 시선을 아이들에게 돌렸더니, 그사이 어찌된 일인지 매이가 언니들과 어울려 놀고 있었다. 매이는 머리에 뭔가를 붙이고 깔깔 웃기도 하고 언니들에게 알랑방귀를 뀌기도 했다. "넌 아기니까, 이건 못하고 저거나 하고 있어"라며 아직 차별 대우가 남아 있긴 했지만 그래도 놀이판에 끼워준 건 분명했다. 매이는 차별하거나 말거나 신이 나서 "응, 언니!" 하고 깔깔거리며 흡족하게 놀았다.

아내는 심히 안심하면서 큰 깨달음을 얻었다. 이 분야에 있어서는 매이가 한 수 위라는 것을. 아내는 어릴 적 또래와 잘 어울리지 못하고, 맨날 방에서 고양이 하고 놀았다. 체구도 작고 운동신경이 떨어져 무슨 놀이든 잘 못해 낄 수 없었다. 그나마 동네 '캡짱'이었던 친언니 덕에, 언니 친구들 틈에 껴 '깍두기' 노릇한 게 고작이었다. 언니가 중

학교에 진학해 바빠진 이후엔 혼자 집에서 TV 보고, 라디오 듣고, 창밖 내다보고 공상하며 시간을 보냈다. 아내는 가끔씩 자신이 사회성이 떨어지고 리더십이 없고 신경이 과민하고 우울 성향이 있는 것이 그 때문이라고 말하곤 했다.

아내는 자신이 매이처럼 끈질기게 놀아달라고 해본 적이 없었고, 한 번 퇴짜를 맞으면, 아니 퇴짜를 맞을 것 같기만 해도 자존심이 상해 '까짓것 친구 같은 거 필요 없어' 하며 돌아선 과거를 급반성 중이다. 어른이 되어서도 한 번만 더 참고 더 매달려보면 되었을 것을, 자존심이 상해 혹은 마음에 상처를 입는 것이 두려워 그 마지막 고비를 넘기지 못하고 관계를 끝내버린 순간들이 많았던 것 같다고 한다. 아내는 그런 자신에 비해 매이가 마음이 아주 튼튼한 것 같다며 "매이는 자기를 닮았나 봐"라고 했다. 그리고 매이를 꼭 안아주면서 "우리 매이 대단해요. 언니들이랑 놀아서 기분 좋았어요? 아까는 많이많이 속상했지요… 그래도 매이 너무 잘했어요. 이제 언니들이 매이랑 또 놀아준대요?" 하고는 엉덩이를 토닥토닥해줬다.

매이는 자존심 따위는 버리고 자기 욕망에 충실했다. 그렇다고 여느 사내애들처럼(모든 사내아이들이 그런 건 아니겠지만) 상대방의 의사는 아랑곳없이 폭력적으로 관철시키려고 하지도 않았다. 그저 가까이에서 자기 욕망의 간절함을 무언의 언어로 표현할 뿐이었다. 어떤 아동학자가 그랬다고 한다. 놀이 집단에 낄 수 있는 가장 좋은 방법은 그저 옆에서 무척 끼고 싶다는 표정으로 얼쩡거리는 것이라고. 그러다 보면 틈이 생기고 철옹성 같던 텃세도 일순간 무너지게 된다고. 그 순간을 못 기다리고 어른들이 개입하거나 먹을 것이나 돈으로 마음을 사려 하면 마음의 벽을 허무는 방법 자체를 아이가 터득하지 못하게 된다고.

은근과 끈기라는 식상하고 수상쩍은 단어가 요즘 들어 가슴에 와 닿는다. 노들장애인야간학교에서 장애인 학생들과 세미나를 하면서 나는 아무리 들어도 알아듣기 힘든 말들을 야학 활동가들은 척척 알아듣는 걸 보았다. 지적장애인들이 생활하는 시설 조사를 하면서 오랫동안 자원봉사를 해온 사람들조차 그들의 생각과 욕망에 귀 기울이지 않은 채 "쟤네들은 아무것도 몰라요. 1+1도 모르는 사람들하고 어떻게 대화를 해요"라고 말하는 것도 보았다. 은근과 끈기, 그리고 타자의 욕망과 소통하겠다는 강렬한 욕망이 없으면 쉽게 포기하고 쉽게 재단한다. 할 수 없다고, 그들은 원래 그렇다고.

모든 상황은 기적 같은 비약의 순간까지는 전혀 변할 것 같지 않다. 비둘기 걸음처럼 소리 없이 오지만 벼락같이 일어나는 변화의 순간을 맞이할 수 있는 자는 은근과 끈기를 지니고 자기 욕망에 충실한 자다. 아내의 과장된 반성과 더불어, 나 역시 언니들과 놀고 싶다는 간절한 소망으로 벽에 틈이 생길 때까지 언저리를 맴돌며 기다린 매이가 자랑스러웠다. 그리고 쓸데없는 자존심 때문에 자신의 욕망을 양보해버린 일들이 새삼 부끄러워졌다. 아내의 오해와 달리, 나도 사실 그리 마음이 튼튼한 편이 못된다오. 매이야, 한 수 배웠다. 파이팅!

2

밥상에서 차별하지 마

　매이가 처음으로 차별을 경험했다. 매이를 아주 예뻐하는 매이의 사촌 언니 생일이었다. 패밀리 레스토랑에서 함께 저녁을 먹고 그곳에서 준 할인권을 이용하러 근처 커피숍에 갔다. 테이블별로 할인 혜택을 받으려고 두 테이블에 나눠 앉아 주문도 따로 했다. 우리 식구는 커피와 주스를 시켰고, 옆 테이블 언니네 식구는 음료수와 함께 커피전문점에서 구워 파는 빵을 주문했다. 종업원이 옆 테이블에 빵을 주고 돌아가자 매이가 왜 우리 테이블에는 빵을 안 주냐며 깜짝 놀라 소리쳤다. 저건 주문한 사람만 주는 거고 우리는 안 시켰다고 얘기했지만, 주문에 따라 다르게 나오는 자본주의적 생리를 도통 이해할 수 없는 매이는 계속 캐물었다. 우리도 똑같이 앉아 있는데 왜 누구는 주고 누구는 안 주냐 계속 따지는 것이다. 처음엔 대수롭지 않게 생각하고 언니네 빵을 좀 나눠주면서, 맛있으면 우리도 시키자고 달랬지만 매이의 얼굴은 차별을 받았다는 불쾌한 기억이 가시지 않는지 분한 표정으로 발그레 상기되어 있었다. 결국 똑같은 빵을 두 개나 사서 나왔다.

매이가 정색을 하며 따지는 것이 여간 잔망스러운 게 아니어서 어른들끼리 히죽대다 생각해보니, 매이에겐 먹는 것 가지고 차별받는 경험이 처음이었던 모양이다. 아직 이유식을 할 때였던 생후 10개월부터 어린이집에 다닌 매이에게 식사는 언제나 공동 식사였다. 친구들은 물론 선생님까지 같은 밥과 반찬을 상 옆에 두고 식판에 떠놓고는, 고사리 같은 손으로 율동까지 섞어가며 "날마다 우리에게 양식을 주시니 참 감사합니다. 아멘. 선생님 먼저 드세요. 친구들 맛있게 먹자. 잘 먹겠습니다" 하고, 꾸뻑하며 밥 먹는 것에 익숙해진 매이로서는 패밀리 레스토랑이나 커피숍도 으레 배급제려니 생각한 모양이다.

매이에겐 가족 식사의 개념도 거의 없다. 엄마 아빠의 게으름 탓으로 아침은 안 먹고 어린이집에 가 오전 간식으로 첫 식사를 하고, 점심과 오후 간식을 먹고 집에 온다. 평일에 교대로 엄마 아빠 중 한 명은 밤 10시 넘어 들어오고 다른 한 명이 매이와 저녁을 먹는다. 하지만 번거로운 마음에 매이를 데려오기 전 혼자 연구실, 도서관, 식당 등에서 식사를 해결하고, 매이에겐 생선 한 토막 발라 밥숟가락에 얹어주거나 김에 싸 몇 숟갈 먹이는 게 고작이다. 그나마도 귀찮으면 그냥 쇠고기를 볶아주거나 치킨, 달걀, 떡볶이 떡, 옥수수, 과일 등으로 때우는 게 다반사다.

그런 까닭에 어린이집 선생님은 매이가 편식도 안 하고 골고루 잘 먹는다 칭찬하지만, 정작 나는 매이가 반찬을 골고루 먹는 걸 본 적이 거의 없다. 아내는 그런 모습을 일요일마다 본다. 어린이집 운영 주체인 영주교회가 일요일이면 어린이집의 위층 강당에서 유아부 예배를 드리는데, 예배 후 상을 펴고 간단한 공과 공부(거의 공작 시간)를 하고, 곧이어 그 상 위로 밥 있는 식사가 공수된다고 한다. 한국 기독교에 비판적인 아내가 매이를 데리고 매주 교회에 참석하는 이유는 순전히 밥 때문이다.

교회 부녀회 소속 봉사자들이 솜씨를 발휘한 따끈한 밥과 된장국, 김치와 나물무침 등 소박한 반찬, 과일 몇 점이 상에 오르면, 예배에 참석했던 아이들과 부모들이 다 함께 아무 차별 없이 먹는다고 한다. 그때도 매이는 누구보다 맛나게 먹어 '타의 모범'이 된다며 아내는 흐뭇해한다. 아내는 공짜 밥을 먹은 것도 모자라, 남은 반찬들을 깨끗이 수거해 집에 가져온다. 일요일 저녁마다 내가 먹는다. 과연 재료는 소박하지만 깔끔한 솜씨가 돋보이는 맛이다.

매이에게 자고로 밥이란 혼자 먹거나 가족끼리 먹는 게 아니라, 친구들과 함께 공동으로 마련된 밥상에서 먹는 것이다. 매이가 학교에 입학하면 학교급식이 매이의 주 식단이 될 것이다. 어린이집과 교회의 급식에 익숙해진 매이는 아마 학교급식도 잘 먹을 것이다. 하지만 학교급식은 어린이집이나 교회의 급식과는 다를 것이다. 업체를 통해 운영되는 학교급식은 어린이집처럼 유기농 식재료를 사용하지 않을 터이고, 교회처럼 공동체를 위한 봉사심을 담아 밥상을 차리지도 않을 것이기 때문이다.

지난 선거의 쟁점이었던 친환경무상급식이 완전히 자리 잡기 전까지는 영리업체의 논리에 따라 비용이 절감된 위험한 밥상이 차려지고, 급식비를 낸 소비자와 무상으로 얻어먹는 사람에 대한 차별이 존재할 것이다. 그때도 매이는 지난번 커피숍에서처럼 시장의 논리로 밥상의 식구를 차별하는 학교에 항의할까?

애나 어른이나 먹는 것 가지고 차별받는 것이 제일 서럽다. 학교 다닐 때 옆에 앉은 친구의 '고귀한' 소시지 반찬과 내 도시락의 '천한' 어묵 반찬을 비교하며 부끄러워했던 기억이 있다. 하물며 가난해서 얻어먹는다는 지적질을 당한 아이의 심정은 생각만 해도 가슴 아프다. 또 무료급식자라고 왕따 당한 아이의 부모 심정은 어떨까? 어릴 적에 100원만 달라고 하루 종일 엄마의 몽둥이 사정거리 언저리를 맴돌며 조르던 기억이 난다. 해도 해도 안 되면 나는 최후의 수단으로 네거티브 공격법을 사용하곤 했다. 바로 나의 상처로 엄마의 상처를 후벼 파기. "우리 집은 가난해서 먹고 싶은 것도 못 사주지?" 부모는 가난 때문에 자식이 받는 상처에 가장 아파한다는 사실을 어린 나이에 터득한 것이다.

지난 선거를 앞두고 무상급식을 둘러싼 논의가 활발하게 개진되었다. 처음 무상급식 주장을 들었을 때 1970년대의 기억이 있는 나는 언뜻 '밥공장'이 떠올랐다. 도덕 시간에 북한은 동네나 직장마다 밥공장이 있어 개인의 취향이나 가족애는 무시하고 일괄적으로 밥을 지어 배급하는 끔찍한 사회라고 배웠다. 그때 식으로 말하자면, 매이는 돌도 지나지 않아 부모 품에서 떼어져 '탁아소'에 맡겨진 채 엄마가 지어주는 밥 대신 '밥공장'에서 '배급'해주는 밥을 먹어온 것이다. 그때의 도덕선생님이 불쑥 나와 "무상급식은 북한의 밥공장과 같다. 빨갱이 짓이다"라고 말하지 않을까 조마조마했다. 기다려지기도 하고. 그럼 나는 괜찮다고 말해주어야지.

386세대의 끄트머리로 대학에 입학하여 '평등한 분배'를 실현하는 것이 사회적 문제의 해결책이라고 학습받았던 나는 무상급식 얘기를 들으며 계급을 무시한 정책이 아닌가 하는 생각을 잠시 했었다. 가난한 계층과 부자계층을 똑같이 대하는 건 결국 부자계층을 이롭게 하는 형식적 평등에 지나지 않기에, 실질적 평등을 위해서는 빈곤계층에게 선별적인 혜택을 주는 것이 마땅하다고 판단한 것이다.

가난한 집 아이만 공짜로 먹는 것이 친구들 사이에 차별의식과 모멸감을 일으킨다는 심리적인 설명도 경제적인 복리가 가난한 사람들에게 우선적으로 돌아가야 한다는 현실적 당위를 뒤집기엔 부족해 보였다. 그런데 지난 선거에서 이 논리는 집권 여당에 의해 내세워졌다. 아이러니하게도 1980년대 운동권 논리와 가장 거리가 멀 것 같은 그들이 '부자급식' '포퓰리즘' 운운하며 무상급식을 반대하고 나선 것이다.

무상급식이 평등 분배에 어긋나는 것인지 잠시 헷갈렸던 나도 매이에게 어린이집과 교회 밥을 먹여보니 알겠다. 무상급식은 몫의 평등이 아니라 감각의 평등을 위해 시행되어야 한다는 것을. 무상급식은 단지 가난한 자의 몫을 키우는 게 아니라 밥상 공동체의 감각을 키우는 것임을. 어떻게 하면 빵을 똑같이 나눠가지고 가서 각자 먹게 할까를 궁리하는 정책이 아니라, 각자 가진 빵을 들고 와 하나의 밥상을 이뤄 다 함께 먹게 하는 정책임을. 비단 가난한 집 아이의 차별 '의식'을 없애주기 위해서만이 아니라, 학교에서 같이 밥 먹을 때만이라도 실제로 부자와 빈자의 '차별'을 없애기 위해 무상급식이 꼭 시행되어야 한다는 '반상의 도리(?)'를 깨달은 것이다.

집권 여당이 그토록 무상급식을 반대했던 진짜 이유는 뭘까? 설마하니 진짜로 가난한 사람들에게 실질적인 혜택을 늘리기 위해서일 리는 없을 테고, 혹시 학교급식 시간만이라도 아이들이 시장의 논리와 계층적 차별의 논리를 망각할까 봐 걱정되어서였던 것은 아닐까? 그렇다면 무상급식은 '레알' 해볼 만하다. 이 살벌한 자본주의하에서도 평등한 이들의 공동체가 존재할 수 있음을 '앵무새 몸으로 울게', 아니 알게 한다면!

3

친구가 더 좋아

만 3년 5개월 만에 드디어 매이가 젖을 뗐다. 그동안 "젖 좀 그만 먹자"고 무던히 말을 해도 귓등으로도 안 듣던 매이가 젖을 끊게 된 것은 아내가 자주 아팠던 탓이다. 비염에 걸려 아내가 몇 주째 콧물을 훌쩍거리는 것을 본 교회 아주머니들이 모유를 계속 먹여 그런 것 아니냐고 말하는 것을 매이도 들었나 보다. "매이야, 이제 엄마 젖 그만 먹으면 안 될까? 매이가 엄마 젖 계속 먹으면 엄마가 아파"라는 아내의 말 한마디에 매이는 선선히 "알았어" 하고 대답했다. 표정은 여전히 아쉬움이 그득했지만.

그길로 매이는 엄마 젖을 먹지 않았다. 참느라 부단히 애쓰는 게 역력했다. 엄마 젖에 대한 유혹을 떨치려고 그 좋아하던 '엄마랑 목욕하기'도 일부러 마다하고, "아빠하고 씻을래" 했다. 너무 안쓰러워 그냥 만지기만 하는 건 괜찮다고 했지만, '보면 만지고 싶고, 만지면 먹고 싶다는 것'(웅? 19금?)을 아는지 처음엔 아내의 벗은 몸을 아예 보려 하지도 않았다.

차츰 젖 먹는 욕구를 참을 수 있다는 자신감이 생기자, 매이는 엄마랑 목욕을 하며 슬쩍 만지는 장난을 쳤다. "만지기만 할게, 만지기만 하는 건 괜찮다고 했잖아!" 하며 당당했다. 침대에 누워서도 젖을 먹고 싶은 욕구를 달래기 위해 엄마 젖꼭지를 입술에 문지르며 "립스틱 바르는 거야, 립스틱" 하며 능청을 떨었다. 아내는 "야, 무슨 담배 피우는 사람들이 담배에 불붙이지 않고 코에 문지르는 것 같다"며 웃었다.

며칠 후, 만사에는 때가 있다더니 정말 거짓말처럼 매이는 엄마 젖으로부터 독립했다. 전에는 엄마 젖을 물고 잠이 들었지만, 젖을 떼는 동안에는 잠이 오면 오히려 침대 가장자리로 가서 혼자 잠들었고, 익숙해진 이후에는 엄마 품에서 잠을 청하다 잠이 쏟아지는 순간 고개를 아빠 쪽으로 돌리고 잤다. 불가능할 것 같던 매이의 젖떼기가 이렇게 자발적으로 이루어졌다.

젖을 떼니 엄마의 역할이 바뀌었다. 젖 물리는 대신 놀아주기가 주된 일이 되었다. 더 힘들어진 측면도 있다. 그냥 젖 물리고 있으면 될 것을 끊임없이 매이가 제안하는 놀이에 동참해야 했다. 덩달아 나도 매이를 아내 젖에 맡기고 느긋하게 TV나 보던 시간이 아쉬워졌다. 일

어나서 엄마랑 결혼식을 연출해봐라, 키를 재보자, 왜 각본대로 안 하느냐며 성가시게 했다. 엄마와의 눈물겨운 신파도 볼 수 없게 되었다. 대신 유나와의 드라마가 볼 만했다. 아내, 나 그리고 유나 엄마가 일주일에 두 번씩 돌아가며 어린이집에서 돌아온 유나와 매이를 돌봤다. 유나와 매이는 둘도 없는 친구이자 연인이 되었다. 뭐가 그리 재미있는지 알콩달콩 재미나게 논다. 매이의 '개그본능'과 유나의 '성숙함'이 환상 조합을 이뤄 전에 없이 돈독한 관계가 만들어졌다. 덕분에 둘만 붙여놓고 어른들은 잠깐이라도 자기 일을 할 수 있는 여유가 생겼다.

다만, 둘을 떼어놓는 것이 어려웠다. 날마다 하는 이별이건만 매이는 유나랑 헤어지는 걸 너무 힘들어했다. "유나 언니랑 더 놀래, 유나 언니 따라갈래, 엉엉, 유나 언니랑 같이 잘래, 유나 언니~." 유나의 옷 자락을 붙들고 울며불며 가슴 저린 이별가를 불러댔다. "내일 또 만나면 되잖아" 해도 "싫어, 싫어, 유나 언니랑 같이 살 거야. 유나 언니, 가지 마"라며 다시는 못 볼 사람처럼 애타게 부른다. 고점리와 형가가 역수에서 이별하며 부른 노래가 이보다 애절할까. 1960년대 영화 〈미워도 다시 한 번〉에서 엄마를 따라가겠다는 아이의 절규가 매번 재현되는 신파의 한 마당이다. 조금 성숙한 유나는 달랐다. 매이가 울며불며 헤어지기 싫어한다는 것을 안 유나는 "엄마한테 전화 왔어. 이제 갈 준비해야 돼" 하고 어른들이 말하면 옷을 챙겨 입으면서도 "매이야 지금 가려는 게 아니고, 추워서 입는 거야"라고 배려 섞인 거짓말을 했다. 매이는 지금 젖먹이 '아기'에서 이제는 친구가 더 좋은 '아동'으로 변해가고 있다. 이제 부모의 역할은 젖을 먹이고 돌보는 게 아니라 친구를 찾아주는 것임을 실감한다. 열심히 놀아준다고 해도 친구만큼 마음이 통하지는 않는다. 바야흐로 부모의 시대는 거去하고 친구의 시대가 래*했도다!

유나가 일주일 동안 제주도에 내려가 있는 사이 매이를 누구와 놀게 할까 걱정을 많이 했다. 지난 금요일에는 혹시 같이 놀아줄 친구가 있나 해서 연구실 옆 자그마한 놀이터에 데려갔다. 한참을 기다려도 아무도 안 와 그냥 가려는데, 일곱 시 무렵 초등학교 4, 5학년쯤 되어보이는 여자아이들이 몰려왔다. '그래, 매이는 초등학교 6학년 된 사촌 언니와도 잘 놀지. 저 무리에 끼어야겠다'고 생각한 나는 매이 손을 잡고 멀찌감치 서서 언니들의 동태를 살폈다.

매이도 눈을 반짝이며 그 언니들에게 시선이 꽂혔다. 언니들은 한참 수다를 떨더니 연구실 주차장으로 내려와 '무궁화 꽃이 피었습니다'를 시작했다. 매이도 할 수 있는 건데 싶어서 "매이야, 끼워달랠까?" 하고 물었지만, 매이는 빨려갈 듯이 언니들이 노는 모습을 보면서도 선뜻 나서지 못했다. 지난번에 생각한 대로 괜히 내가 나서면 안 좋을 것 같아 그냥 지켜보고만 있었다. 간절함과 긴장 탓인지 매이가 오줌이 마렵다고 했다. 화장실에 데려가 오줌을 누이고 다시 와보니 언니들은 '무궁화 꽃이 피었습니다'를 파하고 잠시 우왕좌왕하는 중이었다. 그중 리더 격인 한 아이가 집에 가야 한다고 해서 흥이 깨진 것이다. 어떻게 할까, 그냥 집에 갈까 싶은데 매이는 좀 더 지켜보겠다는 자세다.

참 신기하다. 금방 깨질 것 같던 놀이판이 되살아났다. 언니들 중 한 명이 갑자기 주차장을 가로질러 달리자 나머지 아이들도 따라 뛰고, 그래서 언니들은 릴레이 시합을 하기로 했다. 나는 매이 손을 잡고 계단 턱에 앉아 언니들이 달리기 시합하는 모습을 구경했다. 한참 그러다가 나는 매이 등을 밀며 "매이도 끼워달래 봐. 응? 자, 가서, 같이 놀아요 해봐"라고 종용했다. 매이는 세 발자국 앞으로 갔다 뒤를 돌아보며 '괜찮을까?'라는 표정을 지었고, 나는 '어서 가봐'라는 눈짓과 손짓을 했다. 대여섯 차례 이러기를 반복했을 때 언니들의 달리기 시합은 또 소강상태에 접어들었다. 그중 한 아이가 갑자기 시무룩하더니 한쪽에서 훌쩍이는 것이었다.

무슨 일인지 도통 모르겠다. 그렇게 산만해진 무리 중 한 아이가 매이에게 관심을 보였다. 나는 마지막 기회다 싶어 자그마한 목소리로 "이 애도 같이 놀아주면 안 될까?"라고 물었다. 그러자 아이는 고맙게도 매이 손을 이끌고 "나는 이 아기랑 한편!" 했다. 다른 언니도 "아냐, 내가 같이 뛸래" 했다. '됐다!' 나는 속으로 쾌재를 불렀다. 매이는 처음에 손잡아준 언니랑 밀도 끝도 없이 달렸다. 이제 본격적으로 같이 놀려나 싶었는데, 초등학교 4, 5학년 여자애들의 분자적인 움직임은 도대체 예측할 수 없는 것이, 다시 놀이판은 지지부진해졌다. 매이는 아이들 사이에 가만히 서서 언니들의 알 수 없는 움직임과 표정을 살폈다.

무리는 흩어졌다 놀이터에서 다시 뭉쳤다. 엄마가 부른다며 집에 갔던 리더 격 여자애가 돌아온 것이다. 나는 매이 손을 잡고 다시 놀이터로 올라갔다. 언니들은 야생적으로 그네 타기도 하고 미끄럼틀 위에서 곡예도 하고 남자애들이 버리고 간 스티로폼을 땅바닥에 문대기도 했다. '날카로운 달리기의 추억'을 잊지 못한 매이는 언니들 언저리에 서서 '언제 또 같이 놀아주려나' 하는 표정을 짓고 있었다.

각자 놀던 언니들 무리는 어느새 스티로폼 쪼가리로 눈가루 만드는 데 집중했다. 놀이터 바닥은 삽시간에 스티로폼 가루로 하얗게 변했다. '저걸 누가 다 치우나' 염려가 되기도 했지만, 재미있을 것 같아서 "매이도 같이해봐!" 했다. 매이는 조심스레 언니들 사이로 가서 스티로폼 덩어리 하나를 얻어 몇 번 바닥에 문질렀다. 긴장해서 별 재미가 없는지, 야단맞을 걸 직감했는지 매이는 금방 무리 언저리로 나왔다.

그때 애를 업고 오신 할머니 한 분이 "이렇게 어지럽히면 누가 치우냐?"며 꾸짖었다. 하지만 언니들은 당당했다. "우리 앞에 남자애들이 먼저 한 거예요." 할머니는 가던 길을 가고, 언니들은 더 시끄럽게 눈가루를 만들어댔다.

그 무리 중 한 여자애의 어머니가 왔다. 그 아주머니는 나도 안면이 있다. 딸 셋을 기르고 있는데 기러기 엄마처럼 아이들을 데리고 와 놀다 가는 걸 자주 봤다. 여느 엄마들처럼 '관리'를 하거나 '놀아주는 시늉'만 하는 게 아니라 정말 아이들과 격 없이 논다. 중고등학교에 다니는 동네 아이들과도 친분이 두텁다. 맞담배도 피우고 쌍욕까지 해가며 얘기를 섞는 모습을 종종 봤다. 그 아주머니가 매이를 보더니 "너무 귀엽다"며 손을 잡고, 같이 놀자고 했다. 낯선 사람인데도 매이는 아주머니가 이끄는 대로 따랐다. 같이 그네도 타고 스티로폼 장난도 했다. 그러다가도 매이가 계속 언니들 쪽으로 시선을 보내는 모습을 보자 아주머니는 "야! 이 아이랑 같이 놀아줘!"라고 소리쳤다. 포스가 장난이 아니다. 하지만 한참 어린 아기랑 놀아줄 만큼 언니들의 흥은 많이 남아 있지 않았다. 지지부진 어슬렁거리기만 했다. 매이는 한동안 언니들을 바라보다 집으로 돌아왔다. 같이 놀 친구를 찾기란 애나 어른이나 쉽지 않다. 친구보다 큰 재산은 없다는 것을 매이도 깨닫고 있는 중일 테지.

4

엄마라는 이름의 특별함

요즘 매주 장애인 인권 활동가들과 미신고장애인시설 인권 실태 조사를 나가고 있다. 지난주 고양시의 한 장애인시설을 보고 느낀 점이 많다. 지적장애인들과 무의탁 청소년들이 함께 생활하는 곳이었는데, 아무리 재활용처리사업과 병행한다 해도 주거 환경이 너무 끔찍했다. 컨테이너건물 주변에는 분리 중인 쓰레기들이 산더미처럼 쌓였고 건물 안에는 쥐들이 연신 들락거리고 있었다. 방 안에는 라면상자들과 옷가지가 쓰레기와 먼지덩어리 사이에 어지럽게 널려서 웬만한 불결함에는 눈도 꿈쩍 안 하는 나도 혀를 내두를 지경이었다. 내가 면담한 한 지적장애인은 소통이 꽤 되는 분이었다. 등이 가려운지 연신 긁어

대며 하는 말이 가관이었다. 외출 외박은 금지되었고, 아침에 빵 한 개 먹고 나서부터 점심 때 라면, 저녁 때 학교급식 잔반을 얻어다(일명, 푸드뱅크) 먹는다고 했다. 그러고는 하루 종일, 어떤 때는 밤늦도록 재활용품 분리작업을 해야 했다. 일하기 싫어 도망치다가 이틀 동안 방에 감금되었던 사람도 있고, 심한 욕설과 체벌, 지독한 잔소리는 일상다반사였다. 달아나다가 그길로 차에 실려 인근 정신병원에 수용된 정신장애인도 만났는데, '간첩'에 대한 피해망상을 제외하고는 또렷한 정신을 가진 분이었다. 그분에 따르면 도망가다 잡혀 컨테이너박스에 갇히고, 관리자가 밖에서 문을 용접해버린 일도 있었다고 한다.

시설생활은 이 지경이었지만 시설장은 지역사회의 전폭적 지원을 받고 있었다. 지자체로부터 무의탁 청소년을 위탁받고, 지역단체들로부터 재활용처리사업과 푸드뱅크사업을 지원받았으며, 자원봉사자도(비행학생 강제 봉사, 자원학생 자원봉사, 사법연수생들의 정기적 봉사까지) 쉽게 얻었다. 또한 학교나 종교단체, 지자체 교육단체에 강연을 나가 매달 삼사백만 원을 벌고 있었다. 조사 중에도 자원봉사 문의 전화가 빗발쳤다. 비결은? "시설이 열악하니까. 그래서 다들 도와주고 싶은 거지." 맙소사! 지역사회의 후원을 위해 시설을 열악하게 유지해왔다니! 하긴, 개인신고시설로 전환한 곳 중에는 주거 환경을 개선했더니 후원금과 자원봉사가 끊겼다는 시설도 여럿 있다고 했다. 참으로 빌어먹을 동점심이다.

도저히 참을 수 없었던 우리 조사원들은 시설 폐쇄를 결정하고 당장 생활인들을 다른 곳으로 전원 조치하기로 결정했다. "명예롭게 자진 폐쇄하게 해달라, 일주일만 시간을 달라"는 시설장의 호소에 '너무나 인간적인' 복지부 직원과 지자체 담당자들은 그러자고 했고, 우리 조사원들은 "단 이틀만 시간을 줘도 시설장은 장애인들과 가족들을 회유, 협박하여 우리를 '침략자'로 만들고 결사항쟁의 전열을 가다듬는 걸 자주 봐왔다"며 반대했다. 공무원들을 설득해 그날로 장애인들을 다른 시설로 전원 조치시키기로 결정했다.

그렇게 저항하던 시설장도 막상 장애인들이 서너 명씩 다른 곳으로 옮겨지지는 현실 앞에 체념한 듯, 혹은 후일을 기약한 듯 순순히 따랐다. 하지만 사회복지사 자격증도 있고 휴머니즘적인 성품과 교양을 갖춘 '사모님'은 그렇지 못했다. 울며불며 "너희들이 인권을 알아? 몇십 년을 한 가족처럼 지낸 사람들을 이렇게 이별할 시간도 안 주고 떼어놓는 게 인권이야? 너희가 우리 가족 한 사람 한 사람에 대해 얼마나 알아? 무슨 약을 먹는지 뭘 좋아하는지 알기나 해?" 하며 소리를 질러댔다. 한참 그 얘기를 듣던 한 활동가가 "사회복지를 전공했다는 분이, 장애인들을 강제 노동시키고 감금하고 폭행하고 방치한 게 잘했다는 겁니까?"라고 대거리를 하자 잠시 할 말을 잃은 사모님은 이렇게 외쳤다. "난, 사회복지사가 아니야. 난, 이 애들 엄마야!"

활동가들도 전원 조치를 시키면서 마음이 불편한 듯했다. 조금 더 위생적이고 관리감독을 받는다지만, 생활인들의 자율성과 자활교육이 전무하기는 마찬가지인 규율시설에 보내는 것이 유일한 대안이라는 현실에 가슴 아파했다. 그나마 기초생활수급도 못 받는 분들은 가족 말고는 갈 곳 없는 현실이 답답하기만 하다. 일군의 장애인들을 법인시설로 이전시키고 돌아온 활동가의 말이 기억난다. "그곳이라도 별로 다를 건 없어요. 너무나 '시설'스럽고(감옥의 배치)… 그분들 인계하고 돌아서는데 시설운영자가 등 뒤에 대고 그러더군요. '걱정 마세요. 이제부터 제가 애들, 엄마처럼 잘 돌봐줄게요'라고. 공포영화의 마지막 장면을 보는 것 같았어요." 많은 시설생활인들이 여성 관리자나 운영자를 '엄마'라고 부른다. 나를 먹여주고 재워주고 보호해주고 관리해주고 대변해주는 여자, 자율적인 존재가 아니라 양육 대상으로서 존재하게 만드는 여자, 자유의지와 평등한 관계를 요구할 수 없는 여자, '예'라고만 응답해야 하는 여자. 그들에게 '엄마'란 그런 존재의 명칭이다.

확실히 엄마는 '특별한' 존재다. 관용구 습득에 재미를 붙인 매이가 요즘 가장 좋아하는 말은 우연히 아내가 한 말 '아빠한테는 나쁜 딸, 엄마한테는 귀여운 딸'이다. 아내한테는 항상 애정을 갈구하며 예쁘게 보이려 하면서도 나에게는 '싫어'라는 말을 입에 달고 살며 이래라저래라 요구만 하는 매이에게 아내가 한 말이 정곡을 찔렀나 보다. 양육하고 보호하는 일이라면 나도 아내 못지않게 한다. 아니, 더한다고 자부한다. 신경이 예민한 아내는 피곤하거나 짜증 날 때는 심하다 싶을 만큼 무심한 표정을 짓거나 갑자기 신경질을 내기도 하지만, 튼튼한 나는 항상 웃는 얼굴로 돌봐주려고 애쓴다. 그럼에도 매이는 엄마만 예뻐한다. 수시로 얼굴을 만지작거리면서 눈도 예쁘고 코도 예쁘고 입도 예쁘다고 한다. 쪽쪽 입도 잘 맞추고 심지어 혀로 얼굴을 핥기까지 한다. 그러면 아내는 자지러지듯 웃는다. 내가 "아빠는?" 하면 시큰둥하다가 "아빠한테는 나쁜 딸" 하며 까르르 웃고 만다. 너무 억울해서 밥에다 반찬을 얹어주며 "이거 아빠가 했어. 엄마는 반찬 못해" 하고, 번쩍 들어 어깨 위에 올려 놓게 하면서도 "이건 아빠만 할 수 있어. 엄마는 못해"라며 아빠의 특별함을 주장해도 엄마만큼의 사랑을 받기에는 역부족이다.

엄마에겐 특별한 것이 있다. 젖을 먹고 만지면서 쌓아온 '몸정'을 당해낼 재간이 없다. 몸을 나누고 살을 부비고 쾌락을 나누면서 끈적끈적해진 모정에는 아빠의 돌봄 노동이 대체할 수 없는 뭔가가 있다. 매이에게 '엄마'는 양육자도 보호자도 아닌 '연인'이다. 몸의 쾌락을 나누는 자, 그래서 남들이 뭐라 하든 더할 수 없이 예쁘고, 만지고 싶고, 사랑받고 싶은 존재, 그게 '엄마'다.

아이가 커서 엄마 아닌 다른 대상을 연인으로 삼게 되면 '엄마'란 이름은 텅 비게 될 것이다. 그 자리를 무엇으로 채울 것인가는 순전히 아내 하기 나름이지만, 시설생활자들이 부르는 '엄마'의 내용은 아닐 것이다. 후원자, 동거인, 친구, 선배, 동료시민, 과거의 연인… 뭐 이런 것들과 합종연횡하는 내용이 채워지지 않을까? 분명한 점은 양육자, 보호자, 대변자가 엄마의 본래적 의미는 아니라는 것이다. 고양시의 시설 사모님은 자신의 이름을 잘못 찾았다. 엄마는 그런 존재가 아니다.

5

매이야, 아빠 사랑해?

"엄마 좋아, 아잉. 아빠는 미워, 떼찌." 요즘 매이는 흑백논리에 빠졌다. 좋은 것은 꼭 나쁜 것과 함께 있어야 한다. 엄마가 좋으면 좋았지, 왜 꼭 "아빠 미워"로 확인하는지. "엄마 좋아" 하면서 엄마 뺨에 입을 맞추고는 예외 없이, 옆에 있는 내 뺨을 때리면서 "아빠 싫어" 한다. 유나가 제주도에 내려가면서 저녁에 엄마와 노는 시간이 늘었다. 나오지도 않는 엄마 젖을 물고 빨거나 동화 구연쇼를 하거나 동요 메들리를 부르면서 새삼 엄마가 좋아졌을 터, 상대적으로 아빠에게서는 얻는 게 별로 없다고 여긴 탓이다. 기껏 같이 논다는 게 만화영화 틀어주고는 자기 책 읽고 있거나 '아빠 친구'들 모임에 데리고 가서 꿔다

놓은 보릿자루마냥 방치하니 좋아할 리가 없다. 그래도 "아빠 싫어"가
반복되니 나도 섭섭한 마음이 쌓였나 보다.

그저께 연구실 식구들과 저녁에 정호현 감독의 〈쿠바의 연인〉을 보
기로 했다. 아내가 구해준 DVD로, 팝콘도 튀겨 먹으면서, 최근 구입
한 빔 프로젝터로 오랜만에 친구들과 함께 영화 볼 생각에 설렜다. 마
침 내가 매이를 보는 날이라 어린이집에서 매이를 찾아와 일찌감치
저녁을 먹이고, 매이가 좋아하는 초코칩 쿠키와 감자 스낵을 들고 연
구실로 왔다. 동욱이가 갖다 놓은 전자레인지에 '안티고네'가 팝콘을
튀기는 동안 빔 프로젝터로 '뽀로로' 다섯 편을 보여줬다. 한껏 비위
를 맞춰준 후 "매이야, 뽀로로 한 개만 더 보고 아빠 보고 싶은 거 봐도
돼?"라고 물었다. 매이는 흔쾌히 "그래!" 했다.

드디어 정호현 감독의 〈쿠바의 연인〉을 틀었다. 쿠바에서 정열적인
연하남을 만나 한국에 와서 아기까지 낳은 정호현 감독은 일전에 연구
실에 온 적도 있다. 그때 세 살 난 남자아이와 매이는 서로 장난감을
나눠주며 놀기도 했다. 물론, 영화에는 매이의 기억 속에 남아 있을 그
곱슬머리 예쁜 눈의 남자동생이 안 나온다. 심지어 매이는 한마디도
알아들을 수 없는 "영어"만 나온다. 매이는 장면이 바뀔 때마다 연신
"뭐래? 뭐라는 거야?"라고 물었고, 나는 첫 몇 장면은 자막도 읽어주고
설명도 해주었다. 그러나 이내 나의 '변사' 노릇도 10분이 지나자 한
계에 도달했다. 나는 점점 영화에 몰입했고, 매이는 점점 지루해졌다.

마침내 매이는 "집에 가자"고 했다. 나는 "약속했잖아. 매이 뽀로로

다 보고 나면 아빠 보고 싶은 거 봐도 된다고. 조금만 더 보자"라고 설득했다. 하지만 매이로서는 컴컴한 세미나실에서 공주도 안 나오고 알아듣지도 못하는 영어만 나오는 화면을 왜 보고 있어야 하는지 납득할 수 없었다. 칭얼거리면서 집에 가자고 졸랐다. 영화에서는 막 정 감독의 연인 오리엘비스가 등장했다. 나는 칭얼거리는 매이에게 정색을 하며 "매이, 아빠는 이거 보고 싶단 말이야. 좀 참고 있어"라고 말했다. 하지만 매이는 어둠이 무서운지, 영화가 싫은지, 아빠가 미운지, 울음을 터뜨리기 시작했다.

순간, 나는 설득도 영화도 인내도 포기한 채, 매이를 둘러업고 세미나실을 나왔다. 가방을 챙기고 차에 타는 동안과 뒷좌석에 매이를 태우고 집에 돌아오는 내내 한마디도 안 했다. 반은 그동안 쌓인 섭섭함으로, 반은 이 기회에 아빠의 삐침에 매이가 어떻게 반응할까 하는 궁금함으로, 굳은 표정으로 매이를 향해 무언의 화를 퍼부었다. 차에서 내릴 때 매이는 아빠의 침묵과 굳은 표정이 이상했던지 "아빠, 왜 그래?"라고 물으며 동태를 살폈다. 나는 아무 말도 않고, 매이를 안고 계단을 올라 집으로 들어갔다.

집에 오자마자 나는 뚱한 표정으로 매이가 좋아하는 만화영화를 틀어주고는 설거지를 하고 미역국을 끓였다. '자, 됐지? 필요한 건 다해 줬지? 하지만 너와의 정서적인 소통은 안 할 거야. 너도 나한테 그랬으니까'라는 무언의 메시지가 매이에게 전해졌을까? 매이는 한동안 TV만화영화에 빠져들었다. 정말 빠져든 건지 이 썰렁한 분위기를 달리 어떻게 해볼 방법이 없어 그랬는지, 가끔 만화영화의 대사를 따라

하기도 하고 나에게 와서 누가 어쨌다고 전해주기도 했다. 하지만 나는 힐끗 보기만 할 뿐 아무 대답도 안 하고 하던 일만 했다. '이쯤 되면 뭔가 심상치 않다는 걸 충분히 깨달았을 텐데….'

주방 일을 마친 나는 공부방 책상 앞에 앉아 카프카의 《성》을 읽기 시작했다. 《성》의 K가 성으로 가는 길을 찾지 못하고 마을을 헤맬 무렵, TV 속 열두 공주가 백작부인의 꾐에 빠져 더 이상 춤을 출 수 없게 됐을 무렵, 간헐적인 흐느낌이 들려왔다. 당장 달려가 "매이야, 미안해. 재미없는 영화 보게 해서. 괜한 자존심 때문에 아빠가 매이 힘들

게 해서"라고 달래고 싶었지만, 이 감정교육의 끝마무리를 확실하게 해야겠다는 오기가 발동해 모른 척하고 있었다.

결국 매이는 설움과 회한의 울음을 터뜨리며 "아빠~" 하고 불렀다. 나는 책을 덮고 매이에게 달려가 "매이야, 무서웠어? 아빠가 화나서 아무 말도 안 하고 있어서 속상했어?" 했다. 매이는 고개를 끄덕이며 내게 안겼다. 나는 최종 결론을 내리듯 "매이, 아빠 사랑해?" 하고 물었고, 매이는 그리 흔쾌하지는 않지만 "응"이라 대답했다. 유치한 공갈로 얻어낸 사랑이었다. 나는 매이를 꼭 껴안고 등을 토닥이며, '아이-되기'의 감정놀음이 무사히 끝났음에 안도했다.

6

두려움과 상상력

매이의 만화 검열이 심해졌다. 예전에 곧잘 보던 만화영화 중 무서운 장면이 있는 것은 절대 안 본다. 장편애니메이션 〈알라딘〉이 대표적인 예다. 일단 공주(자스민)와 왕자(알라딘)가 나오는 데다, 지니와 원숭이의 황당하고 웃기는 장면도 많아 무척 좋아하던 만화영화였다. 그런데 지난주에는 마지막에 나쁜 마법사가 요술램프를 장악하여 지니를 무섭게 만들고, 주인공들을 괴롭히자 매이가 사색이 되어 울음을 터뜨렸다. "무서워. 괴물이야. 무서워." 사시나무 떨듯 공포에 질린 매이는 TV를 끄고 나서도 한동안 울음 그칠 줄 몰랐다.

〈타잔〉도 마찬가지다. 흥미진진한 줄거리와 멋진 노래가 어우러진

이 장편애니메이션은 나도 좋아하는데, 귀여운 아기와 동물들의 익살스러운 모습도 재미있거니와, 마지막에 '공주'(제인)와 '왕자'(타잔)가 '결혼'하는 대목까지 나와 매이의 사랑을 많이 받았다. 그런데 최근 들어 〈타잔〉이 무섭다며 안 보겠단다. 어디가? 첫 시작부터 표범이 아기 고릴라를 잡아먹는 장면, 이어서 아기 타잔을 잡아먹으려는 표범과 구해주려는 엄마 고릴라 사이의 각축전이 문제가 됐다. 큰 이빨을 드러내고 무서운 집념으로 아기 타잔을 추격하는 표범이 매이의 공포 계수를 건드린 것이다.

마치 〈몬스터 주식회사〉에서 주인공 아이 '부'가 특급 몬스터 '설리'를 귀여운 '야옹'으로만 여기다가 마지막에 드러낸 무시무시한 본색을 보고 겁에 질린 것처럼, 매이는 지금까지 재미있게만 보아온 만화영화의 폭력적인 장면에 치를 떨며 두려워했다. 모든 것이 먹고 먹히는 관계인 구강기와 공격성을 배우는 항문기의 세계에서는 아무렇지도 않았던 폭력이 성기기에 접어들면서 새삼 외상적인 충격으로 다가온 것이다. 먹힌다는 것, 맞는다는 것, 심지어 뭔가를 상실한다는 것조차 치명적인 상처와 폭력으로 느끼는 것 같다. 어른의 세계로 들어오는 첫 관문이 폭력에 대한 공포라니, 씁쓸하다.

공포심의 학습과 나란히 오는 것이 상상력의 학습이다. 요즘 매이의 상상력이 드라마틱하게 폭발하고 있다. 커다란 독수리가 자기 등을 발톱으로 움켜잡고 절벽으로 날아갔다는 꿈인지 상상인지 모를 이야기를 하거나, 아빠가 엄마에게 보내는 편지라며, "매이 아빠는 매이 엄마를 사랑해. 아기 낳아줘서 고마워"를 받아쓰게 하고는 목욕하는 엄마에게 보여주며 깔깔거리거나, 잠자기 전 침대에서 자기가 지어낸 뒤죽박죽 이야기를 들려주는 등 상상의 세계에 푹 빠졌다.

그림을 그릴 때도 상상력이 넘친다. "아름다운 바다가 있어. 까만 하늘에서 점점이 비가 내려." "음, 그래? 이건 뭐야?" "음, 이건 고구마야." "알록달록한 고구마?" "응, 고구마가 꾸불꾸불한 길로 여행을 가는 거야." "음, 고구마가 꾸불꾸불 여행을 하는구나." 보이는 대로 그리는 그림이 아니라 상상한 대로 그림을 그린다.

드라마틱한 상상력과 공포심 사이에 모종의 관계가 있음이 틀림없다. 공포는 확실히 상상의 드라마에서 온다. 영화 〈올드보이〉에는 철웅이 미도를 구하러 온 오대수를 붙잡아 장도리로 이빨을 뽑으려 할 때 처음에는 겁만 준 다음, "사람은 말이야, 상상력이 있어서 비겁해지는 거래. 그러니까 상상을 하지 말아봐. 엄청 용감해질 수 있어"라고 말하던 장면이 있었다. 사람들은 '이렇게 하면 어떻게 될까? 그렇게 되고, 또 저렇게 되겠지? 그럼, 또 이렇게 될 거고, 그럼 나는…' 하면서 자기가 만든 상상의 드라마 속에 스스로를 던져놓고, 미리 기뻐하고 미리 두려워한다. 상상력의 드라마는 기쁨보다는 두려움의 정서와 훨씬 친숙하다. 즐거운 상상 속에서 행위에 돌입하기보다는 두려운 상상 속에서 행동을 스스로 억제하는 경우가 압도적으로 많지 않은가? '대학을 안 간다고? 취업을 포기한다고? 그러면 어떤 일이 벌어질까? 으, 생각만 해도… 그만두자.' 상상의 드라마는 우리를 절뚝거리게 하고 행위 앞에 멈춰 서게 하는 힘이 있다.

그래서인지 요즘 매이는 집 안에서 자주 넘어진다. 예전에는 아무리 혼잡해도 용케 장애물을 잘 피해 다녔는데 요즘엔 자주 걸려 넘어지고 미끄러진다. 생각이 많아질수록 몸이 뻣뻣해지는 것 같다. 〈몬스터 주식회사〉에서 부가 설리의 헌신적인 우정과 용기에 힘입어 두려움을 이겨냈듯이, 매이도 괜한 상상의 드라마에 빠져 두려워하지 말고 용기를 키워갔으면 좋겠다. 그러기 위해선 우정을 키워야 한다. 사람과의 우정이든 사물과의 우정이든. 요즘 부쩍 친구와의 관계에 집착하는 매이가 우정의 관계에서 용기를 키우기를 바란다.

7

너, 네 몸 알아?

　지난 토요일 매이가 좋아하는 언니네 집에 가는 차 안이었다. 한참 언니네 집에 가면 뭐할 건지 조잘거리던 매이가 조용해졌다. 덕분에 아내랑 시사 문제에 관해 얘기를 나누고 있었는데 매이가 갑자기 "매이, 졸린 것 같은데? 졸릴까, 말까?"라는 이상한 질문을 던졌다. "응? 매이 졸려?" 하니까, "글쎄, 그런 것 같기도 하고 아닌 것 같기도 하고." 그러더니 십 초도 되지 않아 스르르 잠이 들었다. 와, 놀라워라. 별일 아니지만 자기 몸 상태에 대한 자각을 정확히 표현하다니, 굉장한 변화가 아닌가. '졸음'의 징조를 파악하고 말로 표현할 수 있게 된 것은 상당한 진화였다.

두 돌 때까지 매이는 졸리면 그냥 울었다. 배도 부르고 똥도 쌌는데 왜 울까 싶으면 졸려서 그런다고 생각해도 된다. 졸리면 왜 울까 이상했는데, 가만 생각해보니 그럴 만도 하다. 사지가 둔해지고 눈이 무거워지는 등 몸의 활동력이 떨어지면 불쾌할 수밖에 없다. '이게 뭐지? 내 몸이 왜 이러지? 몸이 말을 안 들어. 움직이고 싶은데 잘 안 움직여. 어떻게 된 거지?' 어른은 그 졸음의 징후를 감미롭게 느끼기도 하지만, 아직 제 몸에 대한 통제력과 자각 능력을 갖추지 못한 아이로서는 그 '이상 징후'가 당황스럽고 불쾌할 수밖에 없다.

두 돌이 지나면서부터 매이는 졸리면 짜증을 냈다. 아무것도 아닌 일에 짜증을 내는 식이었다. 나더러 그림을 그리라고 해놓고는 그게 아니다, 왜 그렇게 그렸느냐, 왜 매이 말을 안 듣느냐, 급기야 때리며 소리를 빽 질렀다. 예민한 아내는 매이가 괜한 트집을 잡는다며 화를 내고, 서로 토라져 다투는 일도 꽤 있었다. 그러다가도 언제 그랬냐는 듯이 곧 소파에 뒹굴어져 잠에 곯아떨어진 매이를 보고, "아 졸려서 그랬구나, 에구 우리 매이, 착해서 괜히 떼쓰는 일은 없는데… 엄마가 미안해" 하며 다독였다. 그렇게 학습이 된 결과 매이가 평소와 달리 짜증을 내면 "매이야, 졸리지? 잘까?" 하고 물어보지만, 매이는 잠에 곯아떨어지기 전까지는 "아니!" 하며 더 화를 더 내곤 했다. 그런데 이제 스스로 졸음의 징후를 알아채고, "나, 졸리다"라고 말할 수 있게 되었다니, 대단한 성장이다.

졸음의 자각보다 더 재미난 건 배뇨 징후의 관찰이다. 몇 달 전부터 유나랑 놀다가 '쉬' 마렵다며 화장실 갈 때 이상한 짓을 했다. 유나랑 손잡고 화장실로 뛰어가면서 "뛰면 안 마려워" 하고, 멈춰 서서는 "서 면 마려워" 하기를 반복한다. 처음엔 그냥 장난치는 줄 알고 안아서 화장실로 뛰어가곤 했는데 최근에는 집에서도 그런다. 거실에서 화장 실로 가는 중에 가만히 서더니 "가만히 있으면 쉬 마려운데, 걸어가면 안 마려워" 한다. 아내한테, "왜 이러는 거야?" 물었더니, 뛰거나 걸으 면 회음부를 가로지르는 근육들이 수축하면서 요도괄약근을 조이게 되어 오줌이 안 마렵게 느껴진다는 것이다. 화장실 앞에 줄 서 있다가 이따금 급하면 제자리에서 종종걸음을 치는 것도 같은 이치라 한다. 자기 몸을 가지고 생리적 자극을 조절할 수 있다는 걸 자각하고 흥미 로워하는 매이의 모습이 귀엽고 재밌다.

슬슬 걱정되는 것은 성적인 자극을 어떻게 받아들일까 하는 점이 다. 이쯤 되면 클리토리스에서 성적 자극을 느낄 때인데 매이가 어떤 말로 표현할지 그러면 어떻게 답해주어야 할지 생각하게 된다. 네 살 접어들면서 매이는 "똥꼬"(매이는 자기 외음부를 여전히 똥꼬라 부른다)에 관심을 많이 보인다. 자꾸 뭐가 들어갔다며 물티슈로 닦으려 하거나, 민망하게 다리를 쫙 벌리고 앉아 고개를 숙여 들여다본다. 유연하기 도 하지. 실제로 개털이 묻은 경우도 있지만 아무것도 없는데, 자꾸 가 렵다며 손으로 만지고 물티슈로 문지른다. 자연스러운 분비물도 더러 운 게 있다며 닦아내려 하고 간지럽다면서 칭얼댈 때는 좀 난감하다. 가까이 가서 입으로 혹 불어주기도 하고, 팬티를 입혀 오물이 안 들어

가게 해주려 하는데, 혹시 외부의 자극 때문이 아니라 내부의 성적 자극 때문에 간지러운 것은 아닐까 싶다.

아내는 조심스럽게 "매이야, 똥꼬 간지러워요? 이렇게 닦아주면 시원해요? 기분 좋아요?"라고 물어보는데, "아니"라며 알듯 모를 듯 무심한 대답을 한다. 아내는 성기를 만지는 매이에게 "안 돼요, 손으로 똥꼬 만지면, 아파, 벌레가 들어갈지 몰라, 손으로 긁으면 점점 더 가려워져요"라며 말린다. 아내는 위생의 관점에서 접근하지만, 나는 그런 경고가 프로이트 말처럼 매이에게 성적인 금지 신호로 들릴까 은근히 걱정된다.

자기 몸을 알고 타인의 몸을 알기란 아이나 어른이나 어렵다. '쥐벽서 사건'으로 세 번째 경찰 조사를 받고 온 날 밀린 설거지를 하고 TV를 보며 아내를 기다리는데, 웬일인지 자꾸 울음이 북받쳤다. 서러울 것도, 억울한 것도 없는데 가슴에서 치밀어오는 울음을 억누르느라 심장이 벌렁거리고 호흡이 가빠졌다. 집에 온 아내에게 "나, 이상해. 우울증세 같은 게 있어"라고 말했더니 "그러지 마. 내가 잘해줄게" 했다. "그러지 마"란 말에 울음이 터질 것 같았지만 쪽팔려 꾹 참았다. 다음 날 아침 연구실로 향해 아무도 없는 세미나실에서 《전태일 평전》을 읽으며 펑펑 울었다. 그랬더니 시원해졌다. 울음은 '슬픔의 표현'이 아니라 '막힘의 터짐'임을 깨달았다. 조사받느라 몸도 마음도 너무 위축되어 있던 것이다.

아내는 자신의 신경질이 대부분 몸 상태에서 비롯된다고 말한다. 마감 닥친 원고를 쓰느라 밥도 먹지 않고 컴퓨터 앞에 앉아 있거나, 이따금 '머나먼' 강남(아내는 코엑스가 지구의 끝이라도 되는 양 느낀다)에서 열린 시사회에 갔다 와 피곤할 때면 집구석은 더럽고, 자기는 외롭다며 고통스러워한다. 어떨 때는 '삶'과 '인간관계'와 '사랑'에 대한 총체적인 회의와 불만족을 터뜨리지만, 내가 밥을 해 먹이고 나면 한두 시간 만에 다시 기력을 찾아 장황한 시사 문제를 꺼내곤 한다. 결국 몸의 문제라는 것을 자신도 알고 있지만, 그렇다고 문제가 사라지는 것은 아니며, 자신을 잘 조절하며 살아갈 수 있는 것도 아니다. 삶과 관계의 변화를 위한 실천이 동반되어야 한다.

머리로는 알지만 참 어렵다. 옛날에는 인생 고민하는 여자 후배에게 "배고프냐?" "돈 필요하지?" "연애를 해봐. 아님, 등산을 하든가"라며 가볍게 충고했지만, 이제는 그런 시건방진 얘기도 못하겠다. 앞으로 매이가 자기 몸의 변화에 대해 더 많이 자각하고 많은 말을 할 텐데 걱정이다. 나도 못하는 일을 매이한테 충고할 수도 없고. 자식이 있어 좋은 점은 자식으로 인해 자기 삶을 되돌아볼 기회가 생긴다는 것이다. 매이 때문이라도, 매이와 함께 자기 몸을 알고 잘 관리하는 노력을 해야겠다.

8

무대공포증

어제 집에 돌아갔더니 아내가 울상을 지으며 매이에게 그 이야기를 아빠에게 말해도 되느냐 허락을 받는다. 매이가 약간 겸연쩍어 하는 것을 보니 뭘 잘못한 모양이다. 일요일마다 매이와 아내가 밥 얻어먹는 교회에서 크리스마스를 앞두고 찬양예배를 드렸는데, 유아반 아이들과 엄마들이 율동과 함께 노래를 부르는 순서가 있었다. 아내는 그런 행사에 참석하는 것이 썩 내키지 않았지만, 마침 어린이집에서 오늘은 4시 30분에 귀가시켜달라고 하는 통에, 매이와 교회 행사에나 가야겠다고 생각했단다.

연습 때 매이는 무대에 서는 것이 싫다고 귓속말하면서 엄마 혼자 하는 것을 앞자리에 앉아 보았다고 한다. 그런데 막상 행사가 시작되자 머릿수가 아쉬운 탓에 아내는 매이가 안 한다는 말을 차마 전하지 못하고, 다 같이 우르르 입장할 때 매이와 함께 무대에 올랐다고 한다. 아까 하는 것을 보았으니, 저도 따라 하든지 최소한 서 있을 수는 있겠지 싶어 매이를 앞에 세웠는데, 매이가 객석을 보지 않고 자꾸 엄마 뒤로 가더니, 반주가 시작되자 앙 울음을 터뜨렸다는 것이다. 객석에서는 웃음이 터지고, 아내는 어쩔 수 없이 매이를 객석 앞자리에 앉히고 다시 율동을 계속했더란다. 끝나고도 계속 울먹울먹해 매이를 달래기 위해 애를 쓰는데, 그 와중에 같은 나이에다 매이랑 아주 비슷하게 생겨 자동으로 비교가 되는 시은이는 "난 잘했지? 난 잘했는데, 난 잘해" 하며 계속 의기양양 '염장질'을 하더라나. 아내가 매이를 안고, 운 까닭을 물으니, "매이 못해. 부끄러워, 아직도 기분이 나아지지 않았어"라고 속삭였다고 한다. 아내는 "매이가 무대에서 노래하는 거 싫다고 말했는데, 엄마가 그냥 세워서 미안해요"라고 사과를 하고 가까스로 달래 집에 왔단다. 기분이 나아진 매이와 목욕을 하면서 다시 그 이야기를 꺼내니까 "내가 언제? 몰라" 하며 씩 웃었다고 한다.

아내는 "매이한테 무대공포증이 있나 봐"라고 했다. 나는 "매이야, 왜 울었어? 무서웠어?"라고 물어보았다. 매이는 그 얘기는 다시 하고 싶지 않다는 표정을 짓더니 한참 있다가 "응, 부끄러웠어, 그런데 엄마는 혼자 잘하더라"라고 답했다. 그러자 아내가 "그래도 아까는 엄마 속상했어요. 매이 울어서"라고 슬슬 지적을 하려 들기에, 내가 "자기는 무대 체질이었어?" 하고 따졌다. 아내는 갸우뚱하더니 "아니, 더했지. 근데 이상해. 점점 자의식이 약해지나 봐. 아깐 아무렇지도 않더라. 작년만 해도 못할 것 같았는데, 지금은 이게 꼭 나인가, 나이기만 한가, 나이기도 하고 아니기도 하고 뭐 그런 생각이 드는 것 같아. 매이는 작년만 해도 무대공포증 같은 것 없이 아주 씩씩했거든"이란다. 그래서 "자기는 이제 늙어가는 중이고, 매이는 자라는 중이잖아"라고 말해주자, "그런가 봐. 매이보다 어린 아이들은 남의 시선 의식하는 것 없이 신나서 그냥 율동 따라 하던데. 같은 나이 시은이는 의식은 하지만 약간 즐기는 것 같더라고" 했다.

'자아'는 타인의 시선 속에서 자란다. 타인이 나를 어떻게 볼까, 타인이 나에게 기대하는 게 뭘까, 그 기대에 못 미치면 어쩌지? 하는 부담스러운 생각과 함께 자아는 자란다. 몇 가지 징후가 있었다. 매이는 아직 열까지 셀 줄 모른다. 내가 반 발 앞서 세면 잘 세는데 혼자 셀 때는 꼭 '여덟'을 빠뜨린다. "여섯, 일곱, 아홉, 열." 조금만 하면 될 것 같아 몇 번 반복해 가르쳤는데도 번번이 '여덟'을 빼먹는다. 답답한 내가 "매이야, 일곱 다음에는 여덟이지. 자, 일곱, 여덟" 하면 안 따라 한다. 안 할 뿐 아니라 "매이는 못해" 하면서 울먹인다. 그래서 요즘 엔 매이가 원하지 않으면 숫자 세기는 안 한다.
부쩍 글자에 관심을 보여서 종이에 '매이'라고 적고는 "매이야, 이게 매이 이름이야. 한번 그려볼래?" 그랬더니, 시무룩한 표정으로 "매이는 못해" 한다. 내가 그려준 그림을 가위로 오리는 걸 좋아하면서도 실수로 선을 침범하거나 모퉁이를 잘라먹을 때도 울먹이며 "매이는 못해" 하고, 모국어와 다른 '영어'라는 게 있다는 걸 안 후에는 외계어처럼 말하고 영어라고 하기에 "매이, 영어 배우고 싶어? 함 배워볼래? 이건 애플" 했더니, 또 "매이는 못해" 그런다. 괜히 욕심부린 것 같아 미안하면서도, 혹시 매이가 과도한 학습부담감에 학습동기가 약화된 건 아닐까 걱정되기도 했다.

고만한 나이에도 학습부담감이 만만치 않다는 걸 여러 사람에게 들었다. 다른 어린이집에 다니다 매이 어린이집으로 옮긴 아이의 엄마

는 전에 있던 곳은 2세반부터 영어를 가르친다고 했다. 영어단어를 외우고 검사받는 게 부담스러워서 아이들이 집에 와서도 울먹이고 어린이집에 가기 싫어하며 점점 신경질적으로 변하기에 옮겼단다. 어휴, 매이가 다니는 어린이집은 안 그래서 다행이다 싶었는데, 꼭 그렇지만도 않다. 한날 유나를 뒷좌석에 태우고 운전하면서 "유나, 어제 어린이집 왜 안 갔어?" 물었더니 "응, 사실은, 어제 한글퀴즈놀이 하는 날인데, 부담돼서 안 갔어" 하는 것 아닌가. 나 참, 놀라운 언어 감각을 가진 데다 필경 공부도 잘할 유나가 벌써부터 저런 소리를 하다니! "한글퀴즈는 어떻게 하는 건데? 유나도 글자 배우지 않았나?" 했더니 "응, 글자 써놓은 카드 보여주고 아이들이 맞추는 건데, 쉬운 글자는 알지만 어려운 건 몰라. 우리 반에서 한글 많이 배운 아이가 있거든. 그 아이는 잘 맞추는데, 나는 잘 못해. 그래서 부담 돼" 한다. 국민학교 시절 받아쓰기 못해서 나머지 공부할까 봐 배 아프다고 거짓말하고 조퇴했던 기억이 났다. 가슴이 아파 더 안 물어봤는데, 매이도 이제 그런 부담감에 시달릴 나이가 됐다니 참, 안쓰럽다.

타인의 기대감 때문에 스트레스 받은 것으로 치자면 나도 만만치 않다. 국민학교 다닐 때 나는 가을운동회가 제일 싫었다. 운동회 며칠 전부터 가슴이 콩닥거리고 머리가 아팠다. 달리기를 잘해서 매번 1등을 했는데, 그럴수록 '이번에는 1등을 못하면 어쩌나' 하며 근심했던 것이다. 운동회 몇 주 전부터 연습하면서도 밤마다 출발선 앞에서 총소리를 기다리는 꿈에 식은땀을 흘리곤 했다. 그런 나와 수줍은 고양이처럼 남 앞에 나서길 싫어하던 아내의 유전자가 합쳐져 나온 아이니, 매이라고 다를 리 없다. 부담감을 안 주려 애쓰는 것도 어떤 효과를 거둘지 예측하기 힘들다. 어쩔 수 없이 매이가 지고 가야 할 부담이다. 그저 조심스레 지켜볼 뿐. 매이야, 부디 스스로 부담감을 내려놓는 법을 익히길 바란다.

조금만 천천히
자라주었으면

"매이야 학교 가자. 매이야~." 오전 8시. 10분 전에 일어나 세수하고 간단한 아침밥 준비하고 매이를 깨운다. 역시, 한 번에 일어날 것 같지 않다. 엄마 옆에서 자는 매이의 뺨을 손으로 비비고 콧잔등을 깨물며 잠을 털어낸다. 자기 방에서 혼자 잘 때는 금방 깨는데, 엄마 아빠랑 같이 잘 때는 퇴행 심리인지 기상하기까지 오래 걸린다. 퀸사이즈 침대에 셋이 자는 게 비좁은 데다, 매이 독립심도 키우고 부부 간의 신체 접촉도 복원할 겸 매이를 자기 방에서 재우기로 했다. 적응 기간으로 하루씩 번갈아가며 자는데, 우리 옆에서 잘 때는 아기 같고 혼자 잘 때는 청소년 같다. 비슷하게 단짝 채경이랑 어슬렁거리며 등하교

하는 모습을 보면 청소년 같고 욕조에서 엄마랑 벌거벗은 채 뒹구는 걸 보면 아직 아기다.

"받아쓰기 눈에 한 번 더 바르자." 엄마가 골라놓은 옷을 입고 아빠가 준비한 아침밥을 먹으면서 매이는 받아쓰기 시험 볼 문장들을 눈으로 익힌다. 부전자전, 매이의 받아쓰기 스트레스는 나에게서 물려받았다. 어릴 적 나는 50점 이하 '나머지 공부'의 스트레스 때문에 "배아프다" 거짓말하고 조퇴하기를 거듭해, 받아쓰기하는 날은 실제로 배가 아픈 지경까지 이르렀었다. 매이의 초등학교 1학년 받아쓰기 성적을 어림하면 평균 70점 정도다. 아는 것도 자꾸 틀려서 "시험 못 봐도 괜찮으니까 긴장하지 마라" 할 때도 있지만, 자신감을 갖게 해주려어려운 단어를 반복해 써보라고 윽박질러 울린 적도 있다. 읽기와 다른 쓰는 법 앞에서 매이도 어렵고, 자식의 성적에 대해 마땅히 가져야할 태도와 반대되는 다른 감정 앞에서 나도 혼란스럽다.

2학년 들어서는 지필고사도 본다. 어제는 4개 틀려 80점 맞은 국어 시험지와 6개 틀려 70점 맞은 수학 시험지를 갖고 왔다. 틀린 문제를 베껴 쓰는 숙제를 하는데, 옆에서 봐도 난이도가 상당하다. "힘들었지?" 하니까, "응, 다른 애들은 빨리 풀고 다 나가는데, 나만 늦게까지 남아서 풀었다"는 거다. 나만 모르는 시험문제를 마주했을 때의 공포감이 전해지는 것 같아 가슴이 아렸다. 늦게 온 엄마가 시험지를 보고는 세 자릿수 개념을 가르치려고 질문을 퍼부었다. 결국 매이는 닭똥같은 눈물을 흘리며 "학교에서도 힘들었는데 집에서까지 이러기냐"며 장탄식을 했다. 아내는 매이에게 사과하고, 알림장에 "난이도가 너무 높은 게 아닌가요"라는 메모를 선생님께 썼다.

학습 능력은 좀 뒤처져도 매이의 사고 능력은 최상위권이다. 학교 수업이 끝나면 지역아동센터에 가서 동생, 친구, 언니 오빠들이랑 신나게 논다. 얼핏 봐도 매이는 또래에게 인기가 많다. 센터 선생님 표현대로 매이는 센터에 활력을 불어넣는 "비타민" 같은 역할을 한다. 초등학교에 입학하면서 방과 후 일정을 짜다가 알게 된 곳이 이 지역아동센터이다. 숙제도 봐주고, 특별활동 프로그램도 알차고, 무엇보다 기막힌 저녁 식사와 다양한 연령대의 교우 관계에 끌려 신청했다. 게다가 이 모든 게 공짜다. 이 은혜로운 복지 혜택을 경쟁률 없이 누리게 된 건 소위 결손가정, 저소득층 애들에 대한 다른 부모들의 공포심 덕분(?)이다. 매이는 이곳에서 물 만난 고기처럼 다른 아이들과 끈끈한 교우 관계를 맺고 있다.

센터에서 제법 청소년답게 놀다가 집에 오면 다시 엄마 아빠의 귀여운 아기 노릇을 한다. "매이 어디서 자요?" 엉덩이를 실룩거리며 목소리에 애교를 싣는 품이 오늘도 엄마와 아빠 사이에서 자고 싶은 모양이다. "오늘은 매이 방에서 자는 날"이라고 말하려다 나도 아내도 아직 매이의 보들보들한 살맛을 잊지 못하겠어서 "글쎄, 엄마 아빠 방에서 잘래?" 한다. 아홉 살, 한 뼘씩 자라는 게 기특하면서도 아깝고 아쉬울 나이다.

매이데이

어느 정신분석학자의 육아일기

지은이   박정수

■

2015년 5월 3일 초판 1쇄 발행

■

책임편집   홍보람
기획·편집   선완규·안혜련·홍보람·秀
기획·디자인 아틀리에
일러스트   Seon Kim

■

펴낸이   선완규
펴낸곳   천년의상상
등록   2012년 2월 14일 제300-2012-27호
주소   (121-865) 서울시 마포구 동교로 45길 26 101호
전화   (02) 739-9377
팩스   (02) 739-9379
이메일   imagine1000@naver.com
블로그   blog.naver.com/imagine1000

■

ⓒ 박정수, 2015

■

ISBN   979-11-85811-06-2 03810

■

이 도서의 국립중앙도서관 출판예정도서목록(CIP)은 서지정보유통지원시스템 홈페이지(http://seoji.nl.go.kr)와
국가자료공동목록시스템(http://www.nl.go.kr/kolisnet)에서 이용하실 수 있습니다.
(CIP제어번호: CIP2015009048)